きっと㋮のつく陽が昇る！

喬林　知

12647

角川ビーンズ文庫

きっとマのつく陽が昇る！

きっとマのつく陽が昇る!
アーダルベルト
【フォングランツ・アーダルベルト】
人間側に加担して魔族に敵対する謎の人物。「白のジュリア」の婚約者だったが…。
コンラッド
【ウェラー卿コンラート】
前魔王の次男で、ユーリの名付親。軽やかな性格と柔軟な思考を併せもつ好青年。
ユーリ
【渋谷有利】
正義感と負けん気が人一倍つよい高校生。このたびめでたく第27代魔王に就任。主人公。
Tomo Takabayashi
illust. Temari Matsumoto

登場人物紹介
ギュンター
【フォンクライスト卿
ギュンター】
王佐、つまり魔王の
教育係として
ユーリに仕える貴族。
最近、愛が暴走気味。
ヴォルフラム
【フォンビーレフェルト卿
ヴォルフラム】
前魔王の三男。
ひょんなことから
ユーリの婚約者に。
グウェンダル
【フォンヴォルテール卿
グウェンダル】
前魔王の長男。
趣味・あみぐるみ。
冷徹な皮肉屋。
村田　健
通称・ムラケン。
ユーリの友人。
ごく普通の眼鏡くん
と思いきや意外と
奥が深い。

本文イラスト／松本テマリ

あたくしは今、愛に飢《う》えているの。

だってそうでしょ？　あたくしよりも背が高くなった途端《とたん》に、息子《むすこ》達は母親への敬愛も忘れて、どんどん父親似になってしまったんだもの。

思えば最初の夫と結婚《けっこん》した時分は、あたくしもまだ魔王《まおう》などという厄介《やっかい》な立場ではなかったわ。グウェンダルの父親はそれはもう、強面《こわもて》な男で、娘《むすめ》時代のあたくしもその渋《しぶ》さに惹《ひ》かれてしまったの。年より老《ふ》けて見えてしまうところなんか、今のグウェンにそっくりよ。

逆に三度目の結婚相手は、感情の起伏《きふく》の激しい若者だった。神経質な子犬みたいで可愛《かわい》くって、思わず撫《な》でたくなっちゃったわ。外見はあたくしにそっくりでも、ヴォルフラムの性格は確実に父親譲《ゆず》りね。

印象的だったのは、コンラートの父親との衝撃《しょうげき》的な出会い。追われていた彼を旅先で匿《かくま》ったときに、互《たが》いに恋《こい》におちてしまったの。剣《けん》しか取り柄《え》のない旅の人間だったけれど、身分や種族の違《ちが》いなんか関係ないわ。だって世界は愛が全《すべ》て、愛の前では何もかも平等なんですもの！

でもね、あたくし見てしまったの。彼の左腕《ひだりうで》に二本の刺青《いれずみ》があるのを。あれは人間達の国家を追放されるような、重罪を犯《おか》した者の印よ。あのひとは逃亡《とうぼう》中の罪人だったんだわ。

ああ、愛の罪人！　すてき！

だったらあたくしは愛の狩人《かりゅうど》ねっ。力の限り弓ひくわ。何人《なんぴと》もあたくしの狩《か》りからは逃《のが》れられなくてよっ。

1

ガールハント。

だから村田《むらた》、お前ってほんとは何歳？　と証明書の提示を求めたくなるような言葉に乗せられて、お盆《ぼん》を過ぎた海月《くらげ》の多い海まで来てしまった。

おれ自身は、愛は狩るものではなく得るものだという平和主義者なのだが、十六年間ろくにモテたことがない悲しい事実と、バイト代に釣《つ》られてここにいる。

「夏、青い海、輝《かがや》く太陽」

「……クラゲ」

「大胆《だいたん》水着、リゾート地での開放感」

「……フジツボ」

「海水浴場で出会う男はみんなカッコよく見える。何故《なぜ》なら、サングラスで顔が半分隠《かく》れてるから！」

「……それゲレンデと間違《まちが》えてるだろっ」

駐車場《ちゅうしゃじょう》方面にある自販機《じはんき》の補充《ほじゅう》のため、砂に脚《あし》をとられがちな台車を押しながら、声を絞《しぼ》り出して抗議《こうぎ》する。

「だいたい、お前、ナンパ、逆ナン待ちも、オッケー、なんつっておいて、実際にゃ、日中は殆《ほと》ど、海の家の仕事っ、夜は夜で、ペンションの手伝いって、これでどこで、水着の女子を、ゲットしろっちゅーのよ⁉」

「情熱さえあれば、時間なんて」

渾身《こんしん》の力を込《こ》めるおれを尻目《しりめ》に、友人はさらりと受け流す。

中二中三とクラスが一緒《いっしょ》の眼鏡《めがね》くん、村田健《けん》は、あらゆる種類の力仕事を、おれ独りにまかせて楽をしていた。そもそもこの海の家兼《けん》ペンション「M一族」は、こいつの親戚《しんせき》が経営しているのだ。気心知れた者を低賃金で雇《やと》おうという、時勢に乗った堅実《けんじつ》な経営方針の結果、高校一年生である又従兄弟《またいとこ》の息子に白羽の矢が立ったのに、当の本人がさぼりっぱなしとは何事だ。

「マーガレットの間《ま》に泊《と》まってるＯＬ二人組はどうよ。昨日、お前の転ぶとこ見てかわいいなんて言ってたぞ？」

ペンション「M一族」の客室には、それぞれ植物の名前がつけられている。

「マクワウリの間《ま》の熟女三人はお前の着替《きが》えシーンに出くわしちゃったって言ってたし、マンドラゴラの男四人組は百点満点で点数つけてたし」

「ちょっと待て、それのどこが彼女出来放題なんだ⁉　いやもうこの際、恋愛《れんあい》面には目を瞑《つぶ》るとして、夏休みウハウハバイトで大儲《おおもう》けってとこだけに焦点《しょうてん》を絞るとしてだな、ひっじょーに不思議に思うのは、なんでこんなに地道に働いてるおれと、ちゃらんぽらんなお前とで、これでギャラは同じー、なのかってことだ」

「まあまあそう腐《くさ》りなさんなって。そのうちスーパーハイスクールスチューデント、僕等に惚《ほ》れる女性がきっと現れるよ」

おれとしてはもう、一夏のアバンチュールなんか諦《あきら》めている。とにかく日給九千円に惹かれて此処《ここ》に来たのだ。だから彼女ができようができまいが、草野球資金だけ稼《かせ》げればどうでもいい。相方《あいかた》の期待するロマンスは、かなりの確率で目の前を通り過ぎていたに違いない。

おまけにビーチサンダルで隣《となり》を歩く村田健は、髪《かみ》の色まで一月前と違う。

夏の終わりにイメージチェンジ。

なーんて、もてない男のバイブル漫画《まんが》みたいなことを企《たくら》むやつが、身近にいるとは思わなかった。彼の髪は今や脱色《だっしょく》されて金に近く、カラーコンタクトで瞳《ひとみ》の色まで青に変えていた。それでも眼鏡を手放せず、ブルーの度入りサングラスを頭に載《の》せている。近眼族はつらいよ。

「なんだよ。野球選手だって金髪《きんぱつ》も茶髪もいるだろー？　お前の好きな顔のいいほうの松井《まつい》だって金髪じゃん」

「そらそうだけどさ……」

だからあれは顔のいいほうだから似合うんだよと言いかけて、村田健の後頭部へと溜息《ためいき》をつく。中二中三とクラスが一緒の眼鏡君は、決して女子に嫌《きら》われるタイプの外見ではない。頭の良さや人柄《ひとがら》が滲《にじ》み出たような、知的で涼《すず》やかな顔だと思う。もうちょっと自分に自信を持てば、髪なんか染めなくとも彼女くらいできるだろう。

ただし彼がいわゆるビジュアル系かというと、そこには大きな問題が残る。

まあ、美形かどうかの判断基準なんて、国や種族によってかなり異なるものだし。

「……だからってカラーコンタクトまで装備して、モテたいオーラ振《ふ》りまかなくてもいいんじゃないの一？　だいたいお前んとこって男子校だろ、夏休み明けに彼女じゃなくて彼氏ができちゃったらどうすんだよ」

「そのときはそのときだ。責任とって付き合いますとも！」

村田はぐっと両拳《りょうこぶし》を握《にぎ》った。本気だとしたら相当、男前だが。

「こっちはどうしてもモテたいんだ。池袋《いけぶくろ》から電車に乗ると、十中八九、東京ドーム行っちゃうお前には、この気持ちは永遠に解《わか》らないだろうけど。まったくねえ、名前が渋谷《しぶや》有利《ゆーり》原宿《はらじゅく》不利なくせに、出掛《でか》ける先は後楽園《こうらくえん》か西武球場前《せいぶきゅうじょうまえ》なんだから」

「水道橋《すいどうばし》で降りることもあります……てより目的地と名前は関係ねーだろがーっ！」

そう、おれの名前は渋谷有利。百合《ゆり》でも悠里《ゆうり》でも幽体離脱《ゆうたいりだつ》の略でもなく。この名前のせいで生まれて十六年間、どんなに苦労したかは……もう忘れることにした。十六歳の誕生日を迎《むか》えてやっと、説明しやすくて便利かもと思えるようになった。殆どの場合、自己紹介《しょうかい》は、苗字《みょうじ》だけで終わってしまうし。

「……それにしても、夏休みの海の家バイトで彼女ゲッチュだなんて、今時マンガでも成功しねーよ。村田は女子に、夢持ちすぎ」

「じゃあ炎天下《えんてんか》で草野球してれば、カッコイイーって女の子が騒《さわ》いでくれるか？　渋谷は野球に夢持ちすぎ」

「そんな都合のいい夢みてません」

「どっちにしろ、いいじゃないか。どうせ家にいたって高校野球見てるだけなんだろ？　だったら真夏の太陽浴びて、ビーチで健康的に働いたほうが、チームの必要経費は稼げるし、さんざん気にしてたユニフォーム焼けも解消できる」

扉《とびら》を開いた自販機から、当然の権利として青い缶《かん》を一本いただく。何時間も売れ残ったスポーツドリンクは、冷えすぎて甘みがなくなっていた。村田の手で段ボールから機械に補充された商品は、同じ道を次々と転がり落ちてゆく。突《つ》き出た肩胛骨《けんこうこつ》を眺《なが》めながら、おれはやっぱりちょっと違うと思っていた。

首から上と二の腕だけがこんがりという、野球小僧《こぞう》の証《あか》しであるユニフォーム焼けは、あまり自慢《じまん》できたものではない。足首まで見事に白い下半身は、プールサイドでは別の意味で注目の的だ。おれ主宰草野球チームのレギュラーの中には、「モモヒキ」というありがたくないニックネームを授《さず》かった者もいる。

しかし今、おれたちには新たな模様ができようとしていた。

通りすがりのカップルが、横を向いて笑いをこらえる。他人の目から見ても面白《おもしろ》いという証《しょう》拠《こ》だ。

「腕《うで》と背中が焼けたと思ったら……胸も腹も腿《もも》も前面だけ真っ白じゃないか。これじゃヒト型ドラえもんだっての。イロモノみたいな格好《かっこう》させられてさっ」

海の家の制服は、水着にエプロン。かわいい娘《こ》がやれば目にも楽しいだろうが、いかんせん野郎《やろう》どもばかりである。気色の悪いことこの上ない。若い女性客にはそれなりに好評と聞いたが、常に背中やケツばかり見られていると、ある種のセクハラじゃないかと疑いたくなる。

サーファータイプ着用のおれはまだ控《ひか》えめだが、ビキニ海パンの村田なんかすっかり「エプキニ」状態。直訳すると、エプロンあんどビキニパンツという新語だ。他人事《ひとごと》ながら、視線が痛い。

おれ自身も失望で目が痛い。

生まれて初めての裸《はだか》エプロン（もどき）が、よりによってムラケンだなんて。

制服というよりは衣装《いしょう》とかコスチューム調なので、マダム達には絶対に何か妄想《もうそう》されていると思う。

「妄想されようがされなかろうが、彼女のいた日々よカムバックだ。十六歳の夏は一度きりで短いんだから、出会いを求めて身を飾《かざ》るのは孔雀《くじゃく》も同じさ」

「孔雀は迷彩《めいさい》ビキニじゃねーだろ」

「なんだよー、うちの制服に不満そうだなー。その割にはちゃっかりエプロンと帽子《ぼうし》の色を合わせてみたりしてさ。その……首にぶら下げてるいつもの石も。だいたい何だよ、ビーチで野球帽《ぼう》って！　今時プロ野球のキャップ被《かぶ》ってる奴《やつ》いないよ。巨人《きょじん》帽くんとか掛布《かけふ》くんとか呼んでやる」

「そっちこそ、帽子でも被んなきゃ日射病でぶっ倒《たお》れんぞ？　こんな苛酷《かこく》な3K労働続けてたらさ」

3Kとは。きたねぇぞ、聞いてなかったよこんなの、気をつけよう盗撮《とうさつ》、の三つだ。飲み干した空き缶をゴミ箱に放《ほう》ってから、同じ手で胸に下げた石を握った。

空より濃《こ》くて、強い青。

ライオンズブルーの魔石《ませき》は紫外線《しがいせん》を受けて、僅《わず》かに熱く、色が薄《うす》くなっていた。これをくれた人の思惑《おもわく》と、元の持ち主の嘆《なげ》きが気にかかる。お守りのようなものとは言われていたが、へなちょこな自分に相応《ふさわ》しいとは思えない。

「……こんなとこで、無駄《むだ》にくすぶってるっていうのにさ……」

「うう、うるさーい。無駄とはなんだ、無駄とは。若い頃《ころ》の経験は貴重な財産なんだぞー？なにしろ将来大人になって、どんな職業に就《つ》くか判《わか》らないんだから。ペンション経営だって覚えれば選択肢《せんたくし》の一つに入るかもしれない」

ところが、齢《よわい》十六歳にして、職業が決定している高校生もいるのだ。

表向きは現実を直視しない草野球ホリック、しかしてその実体は究極の勤労学生。

それが、おれ。

どこにでもいるような野球小僧、渋谷有利は、ある日を境に一国一城の主《あるじ》なんかにされてしまったのだ。しかも、そんじょそこらの王様ではない。スーパースター、ザ・ロックの「オレ様」ぶりもすごいけれど、おれの肩書《かたが》きも結構すごい。ごく普通《ふつう》の背格好でごく普通の容姿、頭のレベルまで平均的な男子高校生だったはずなのに……。

おれさまは、魔王だったのです。

およそ雰囲気《ふんいき》のない場所から流された先は、RPGの舞台《ぶたい》になりそうなファンタジー世界だった。そこでこの世のものとも思えない美形軍団に取り囲まれて、今日からあなたは魔王ですなんて迫《せま》られたら、誰《だれ》でもこれは夢だと思う。

けれど、すべては現実。

魂《たましい》がどうなのかは知らないけれど、おれが眞魔《しんま》国の王に就任しちゃったのも、魔族と人間が一触即発《いっしょくそくはつ》なのも、山と積まれた問題を誰かが解決しなければならないのも、すべては自分で選んだ現実だ。

時々、逃《に》げ出したくなることもある。そんな重責を担《にな》えるのかと、前触《まえぶ》れもなく不安になる。何とか踏《ふ》みとどまっていられるのは、バックを固めるチームメイトが優秀《ゆうしゅう》だからだ。

「ねえ、あそこの赤いペンションの人よね」

ぼんやりと視線をさまよわせていたおれは、困惑《こんわく》したような声に顔を上げた。

おれたちよりも少し年上、恐《おそ》らく女子大生であろう二人組が、肩を抱《だ》き合うようにくっついて、半泣きでこちらに近づいてきた。缶を入れる手を止めて、村田がにっこりと応対する。

「そうですけど。どうしましたか、海月《くらげ》にでも刺《さ》されました？」

健全な男子高校生には刺激が強すぎて直視できないが、女性の一人は両腕で胸を隠《かく》していた。柔《やわ》らかそうな両乳に夢の谷間。一体どのようなハプニングが⁉

「あっちの洞窟《どうくつ》の近くで、水着を流されちゃったの。見えるところに引っかかってるんだけど……あたしたちじゃ取りに行けなくて」

紺《こん》に細い赤線の横縞《よこじま》と、両脇《りょうわき》が紐《ひも》になっているレモンイエローだ。何がって、ビキニの色。より日に焼けているストライプの方の女の子が、泣いている友人の肩を揺《ゆ》すった。小麦色の肌《はだ》に、ヘソピアス。

あぁーその水着じゃ流されもするよー、と心の中だけで突っ込んでおく。紐系下着の危《あや》うさは、常用しないと判らない。ちなみにおれは訳あって経験済だ。

「大丈夫《だいじょうぶ》だよ、ね、この子達がとってくれるってさ」

「え⁉」

ヘソピの彼女が力強く慰《なぐさ》める。依頼《いらい》も契約《けいやく》成立も経ていないのに、いつのまにかそういうことに決められてしまい、おれも村田も内心では、まずいことになったと思っていた。しかし、今の二人はいち海水浴客ではなく、ペンション「M一族」の臨時スタッフだ。困り果てているお客さんを前に、知らん顔を決め込むわけにはいかない。

お客さんのためならば、洞窟でもジャングルでも分け入りましょう。おれたちは心を奮い立たせた。決して二人組が可愛《かわい》かったからではない。

「よーし、いざ鎌倉《かまくら》っ」

「違《ちが》う違う渋谷《しぶや》、いざ洞窟」

問題の洞穴《ほらあな》は思ったより大規模で、いかにもデートスポットという薄暗《うすぐら》さだった。今は腰《こし》辺りまで水位が上がり、少しばかり濡《ぬ》れないと行き着けないが、潮さえ引けば歩いて渡《わた》れるだろう。ゴツゴツとした岩場の向こう側に、レモン色の物体が引っかかっている。

ただ問題は、現場より手前の海面に、赤い旗が長閑《のどか》に浮《う》かんでいることだ。

「お客さん、ここ、遊泳禁止だよ。困るんだよねえお嬢《じょう》さん達、こういう危険なとこで密会されちゃあ」

呆《あき》れるあまり、みのもんた調。

「うーん、二十……メートルくらいかな。泳げるよな、渋谷」

「おれ？　で、でも遊泳禁止だぞ!?」

「禁じられた場所で泳ぐの得意だろ？　ほら、例のイルカプールとかさ」

返す言葉もございません。

おれはやむなく足を浸《ひた》した。思ったより冷たい海水が、スニーカーの内側まで流れ込んでくる。デニムのエプロンをたくし上げ靴底《くつぞこ》で岩の感触《かんしょく》を確かめながら、暗い洞窟に取り残された黄色い蝶《ちょう》を救出に向かった。ビキニだけど。

「しぶやー、だいじょぶそうかー?」

赤い旗まで来たときには、水の高さは胸の位置だった。予想よりは多少深いが、足が着くから平気だろう。慎重《しんちょう》な足取りで現場に到着《とうちゃく》し、目に痛い黄色の布に手を伸《の》ばす。

「……これが生涯《しょうがい》初の生ビキニなんだよな……」

やっと指が届いた瞬間《しゅんかん》、おれはある意味健康的なことを考えていた。海水でほんのりと温かく湿《しめ》った布地は、素直《すなお》に右手の中に収まった。

この際、ご褒美《ほうび》の一環《いっかん》として、被ってみるくらいは許されるのではなかろうか。いや、頭に載《の》っけて「カエルさーん」はまずいにしても、せめてひと嗅《か》ぎくんかくんかするくらいは。

「しぶやー早く戻《もど》ってこーい。一緒《いっしょ》にペンションに帰ろうー」

なけなしの理性を総動員し、レモンイエローの捕獲《ほかく》物を右肩に乗せる。村田が大袈裟《おおげさ》に手を振《ふ》っていた。

「うるせーなもう、言われなくても帰……う……」

進もうと踏み出した足先には、海の生物が鎮座《ちんざ》していた。

「よりによってなんでカニがこんなとこにッ⁉」

生きたままカニを踏み潰《つぶ》すと、天から臼《うす》が落ちてくる。日本人の多くの子供は、幼少時にこう教え込まれるのだ。茶色いハサミを振り上げて、敵はこちらを威嚇《いかく》している。咄嗟《とっさ》に避《よ》けようとして仰向《あおむ》けに転び、潮水に全身浸ってしまう。載せただけだったビキニがふわりと浮いて、目の前を漂《ただよ》って逃げようとする。

「待てこら！」

慌《あわ》てて手を伸ばして摑《つか》み直すが、間一髪で沈んでしまう。ここで逃《の》がしてなるものかと突っこんだ腕が、底へと引っぱられる。

ぐい。

「……げ」

もっと大きな力で、おれの身体《からだ》が引きずられる。

「む、村田、巨大イカが……っ」

砂浜《すなはま》では三人揃《そろ》って耳に手を当て、一糸乱れぬ、なんですかー？　ポーズだ。

せっかくゲットしたビキニ上だけは、絶対に離《はな》すまいと意地になるものだから、右腕《みぎうで》からどんどん沈《しず》んでいき、鼻まで海水がきて息ができなくなる。人を海の底に引きずり込もうとするのは、海坊主《うみぼうず》とか舟幽霊《ふなゆうれい》だ。四カ月前のおれだったら、殺されるとか泣き喚《わめ》いていただろう。

けれど今はかなり冷静だ。

だってまた、喚《よ》ばれつつあるんでしょう？　おれ。

経験を積んで身につけた方法だが、こういうときは慌ててもがいたりしてはいけない。なるべくリラックスして深呼吸して……しまった、深呼吸したら空気の代わりにホンダワラ（海《かい》藻《そう》）が口に入ってきたぞ⁉


あとはもう、語るもむなしいスターツアーズ。


そういや、親父《おやじ》。

なんだいゆーちゃん。

前々から不思議に思ってたんだけどさ、うちって誰《だれ》か禁酒してるっけ？

いや、してないよ。パパもママも飲み放題。

……じゃあなんで冷蔵庫がノンアルコールビールでいっぱいなんだよ。

なんでって、そりゃあゆーちゃんのために決まってるじゃないか。中学生ともなれば、親に隠れて酒タバコを試《ため》してみたくなるだろう。好奇心旺盛《こうきしんおうせい》で多感なお年頃《としごろ》だもんな。けど思春期における アルコールは、百害あって一利なし。成長の促進《そくしん》を妨《さまた》げるばかりか、脳細胞《のうさいぼう》をヘロへロにして「あったまわるー」になっちゃうんだ。だからパパとママはゆーちゃんのために、目に付くところにはノンアルコールビールしか置かないことに決めたんだよ！　そのかわりといっちゃあなんだが、酒の味とか感想は、いつでも言葉で教えてあげるからなっ。さあ訊《き》いてくれゆーちゃん。ぐびぐび。今すぐ訊いてくれゆーちゃん。ぷはあ。

そんなイヤガラセをされても、おれの禁酒禁煙《きんえん》は揺らがない。だってやっぱり現役《げんえき》プレーヤーとしては、一ミリでも身長が欲しいのだ。

だからたとえ目の前に巨大《きよだい》な樽《たる》が置かれて、思う存分飲んでくれと頼《たの》まれても、おれは絶対にいただかない。ただし、晴れて野球選手となった暁には、遠慮なくビールかけをさせてもらうけど。

ああ、いいなあ。あの人やあの人やあの人にかけられたいなあ、生ビール。涙《なみだ》と混ざって目にも染《し》みるんだろうなあ、きっと鼻から気道にまで入っちゃって、むせたり吐《は》いたりするんだろうなあ……。

「ぐがぼ、ごびゃッ」

鼻どころか耳の穴からも何かが流れ込んできた。痛みと弾《はじ》ける気泡《きほう》で目を開けていられない。とにかく呼吸をしようと喘《あえ》いでも、周囲には空気が一切《いっさい》無かった。

もがこうにも手足が伸ばしきれず、浮かび上がろうにも頭が何かにつかえる。とんでもなく狭《せま》い水槽《すいそう》に閉じこめられたのか⁉ しかもこの味は単なる水ではない。

ビール⁉

自分の短い人生において、ビア樽に詰《つ》め込まれる日が来るとは思わなかった。天井《てんじょう》近くのほんの僅《わず》かの酸素に気づき、木の蓋《ふた》に唇《くちびる》を押しつけて呼吸する。その間にもどうにか脱出《だっしゅつ》しようと、周りの壁《かべ》を必死に蹴《け》る。

さすがにえらく頑丈《がんじょう》にできていた。

足だけではなく頭や肩《かた》でもアタックしてみるが、なかなか木枠《きわく》は外れない。渾身《こんしん》の力を込《こ》めて左に押した途端《とたん》、樽はぐらりと傾《かたむ》いた。

「ぐぅば、ごぼぼぼぢがびょ」

ていうか、階段落ちかよ⁉ と満足には言えないまま、入れ物はおれごと転がり落ち、三回転してから横倒《よこだお》しになった。その衝撃《しょうげき》でぱかっと二つに割れる。床《ゆか》一面に広がったビールの真ん中で、咳《せ》き込むほど酸素を吸い込んだ。

「……も、桃太郎《ももたろう》ってこんな気持ちだったんかなっ」

いきなりアルコールの樽に詰め込まれていても、もう大袈裟に驚《おどろ》いたりはしない。意表を突《つ》く場所に落とされるのにも慣れてしまった。

現代日本のある地球から眞魔国のある異世界へ移動するときは、だいたいいつもこんな感じだ。

明るく照らされた周囲を見回すと、まず目に入ったのは働く女性達だった。露出度《ろしゅつど》の高い超《ちょう》ミニのワンピースに、おれと同じような青いエプロン。ジョッキを載せた盆《ぼん》を両手で高く持ち、テーブルの間を独楽鼠《こまねずみ》みたいに動き回っている。ほとんど満杯《まんぱい》の席からは、注文ともセクハラともつかない声が飛ぶ。

酒場、というよりもビアホールだろうか。中央には肩を組んで唄《うた》う集団がいて、隅《すみ》には一人で飲んでいる孤独《こどく》を愛する男もいた。

一番近いテーブルの団体客が、こちらを指差して叫《さけ》びだす。

「おい、二階から樽を落っことしてきた給仕がいるぞ。俺達の飲む酒を減らしやがった」

「けどこいつ男だろう、この店はいつ男の給仕を雇《やと》ったんだ？　まあいいや、ようにーちゃん、もう一杯《いっぱい》……んー？」

赤ら顔の酔《よ》っぱらいは、まじまじとおれの顔を見た。しまった、と慌てて帽子《ぼうし》を目深《まぶか》に被《かぶ》り直す。この世界では髪《かみ》と瞳《ひとみ》の黒に大きな意味があり、無防備にさらすのは危険だ。

「おいおい、にーちゃん思い切ったなあ！　髪を黒く染めるなんてよー。陛下に憧《あこが》れんのも判るけどよ、熱烈忠誠親衛隊《ぞっこんラブ》に見付かったら小言じゃすまねーぞぉ？　あいつら本気で陛下命だかんなぁ」

どうやらファンと勘違《かんちが》いしてくれたようだ。それにしても親衛隊とは聞き捨てならない。本人の知らないところでヤバ目の組織ができているようだ。

「陛下ーっ！」

木戸が乱暴に開かれて、髪を振り乱した男が駆《か》け込んでくる。ちらりと覗《のぞ》いた店の外は、強い雨の叩《たた》きつける夜だった。

「陛下、ご無事でしたかっ⁉」

「げ、ギュンター」

「げ、とは、あまりなお言葉でございますっ。ああでもこうして再びお会いできただけでも、身に余る幸せではございますがーっ……どはっ」

超絶《ちょうぜつ》美形の涼《すず》やかな目元が引きつって、一瞬《いっしゅん》のうちに顔色が変わった。血の気をなくして真っ青なのに、鼻から口にかけては真っ赤に染まる。

「ななんというお姿ですかっ⁉　よりにもよって、は、は、裸前掛《はだかまえか》けとはっ！」

「裸前掛け……なに⁉　違うって海パン穿《は》いてるって！　うわギュンター、鼻血鼻血っ」

「しかも何故《なにゆえ》、乳吊り帯《ちちつりおび》など握《にぎ》っておられるのですかー」

乳吊り帯……ビキニの上のことか。正確にはこれは下着ではないので、男が握っても特に問

題はないのだが。

灰色のロン毛から水滴《すいてき》をまき散らし、スミレ色の両眼を潤《うる》ませておれの手を握ってくる。

フォンクライスト卿《きょう》ギュンターは、眞魔国第二十七代魔王《まおう》（つまり、おれ）の優秀《ゆうしゅう》な王佐であり、保護欲過剰《かじょう》な教育係だ。完璧《かんぺき》な形の鼻が赤いのは、号泣《ごうきゅう》までカウントダウン状態だからだろう。何気なく振《ふ》り返る動作だけで、女性のハートを鷲掴《わしづか》みという容姿の持ち主なのに、おれのこととなると涙と鼻水まみれ。見返り超絶美形が台無しだ。

客達が口々に囁《ささや》き始める。

親衛隊だ、親衛隊が来やがった。

「……あんたか、正体は」

なんだか身体《からだ》中の力が抜《ぬ》ける。

大麦の匂《にお》いを立ち上らせるおれの胸に、そのとき小さな影《かげ》が力一杯《ちからいっぱい》飛び込んできた。

「ユーリ！」

「げほ……ぐ、グレタ、なんでこんなとこに」

縁《えん》あって親子となった女の子の身体を、腹の上から持ちあげる。綺麗《きれい》に日に焼けたオリーブ色の肌《はだ》、凛々《りり》しい眉《まゆ》と長い睫毛《まつげ》。この前よりも少し伸《の》びた赤茶の巻き毛は、両耳の上で二つに結《ゆ》われている。親バカながら、非情に可愛《かわい》い。

「なんだグレタ、いっそうキュートになっちゃったじゃんかー。罪作りだぜジュニア？」

「ジュニアって誰、男ー？」

……ヴォルフラムからの悪い影響が。

転がされたままふと見上げると、木戸の横にウェラー卿も立っていた。彼だけはどんなときでも冷静だ。狼狽《うろた》える姿を見たことがない。

「よ、コンラッド」

当然、あの爽《さわ》やかな笑顔《えがお》で返事をしてもらえるものと思っていたら、魔族似てねえ三兄弟の次男である男は、珍《めずら》しく深刻そうに眉を顰《ひそ》めた。

「感動の再会を邪魔《じゃま》するようで申し訳ないんですが……」

自分の上着を押しつけてから、おれの下半身に目をやると、海パンだけの両脚《りょうあし》が気になるらしく、手近な男に金を握らせてズボンを調達した。

「さあ、穿いて」

おっさんのぬくもりの残るそいつに、慌《あわ》てて靴《くつ》のままの足を通す。

「なんだよ、いやに不機嫌《ふきげん》だね」

前魔王現上王陛下の次男であり、頼《たよ》れる保護者兼《けん》ボディーガードのウェラー卿コンラートには、魔族と人間両者の血が流れている。フェロモン系美女であるツェリ様が、剣《けん》しか取り柄《え》のない旅の人間と恋《こい》におち、生まれた子供がコンラッドだ。そのせいか外見的には地味めな印象で、兄グウェンダルや弟ヴォルフラムと比べると、おれの劣等《れっとう》感は刺激《しげき》されない。

しかし何故《なぜ》か美形すぎる兄弟達よりも、彼のほうが女性人気は高いという。きっとさりげなく気の利《き》いた言動と、清潔感あふれる笑顔の賜物《たまもの》だろう。

もっとも、そんな好青年のコンラッドでも、薄茶《うすちゃ》の瞳が翳《かげ》る瞬間があるのだと、今ではおれも知っている。

こちらの声が低くなったことで、客達も元のテンションに戻《もど》り始めた。酒飲み連中の関心は、所詮《しょせん》は目の前の杯《さかずき》だけだ。

「できるだけ早く、安全な場所へお連れしないと」

「なに、だってここはどうやら国内だろ？　自分の国なのに安全じゃないってどういうことよ。あ、またなんか急を要する問題が持ち上がったんだな？　それで大急ぎで喚《よ》び出されたってわけか」

「いいえ、陛下……」

ギュンターが申し訳なさそうな声を出す。おれは重い革《かわ》ジャケットに袖《そで》を通し、濡《ぬ》れた床からゆっくりと立ち上がった。

「実は……およびしておりません」

「はあ？」

「その……大変申し上げづらいことなのですが……いえもちろん、陛下が我が国にいらしてくださればと、望まぬ日はないのですが……」

「我々がおよびしたんじゃないんですよ」

勿体《もったい》ぶった言い方に焦《じ》れたのか、コンラッドが割って入った。普段《ふだん》はそういうことをする人ではないので、よほど切羽詰《せっぱつ》まっているのだろう。

「いや、むしろ我々魔族としては、事が収束するまで安全な場所に留《とど》まってほしかったんです。少なくともご両親の許《もと》ならば、危険はほとんど及《およ》ばないでしょう」

「それはおれに、来るなってこと？」

コンラッドはグレタの腕《うで》を取り、小さく頷《うなず》いてから付け足した。

「今はね。とても危《あや》うい状態なので」

「人間ども……いえ、人間達の国でまたしても不穏《ふおん》な動きがあったのです。間者《かんじゃ》からの情報によれば……恐《おそ》ろしい、非情に恐ろしい凶器《きょうき》に手をつけたとのことで……」

よほど威力《いりょく》のある兵器なのか、ギュンターは言葉を呑《の》みこんだ。地球でいえば核《かく》ミサイルとか惑星《わくせい》大直列とかだろうか。

「とにかく、おぞましい物なのです。その箱を開ければ、遠い昔に封《ふう》じられたありとあらゆる厄災《やくさい》が飛び出し、この世に裏切りと死と絶望をもたらすという」

「ああそれ、パンチラの箱だろっ？」

ウェラー卿が思わず吹《ふ》きだした。

「なるほど、見えそうで見えなくて、いかがわしい」

正しくは「パンドラの箱」だった。

「似てはいますが、もっとたちの悪い物です。パンドラの箱には希望という名の救いがあるけれど、あれには何の希望もない。一度蓋《ふた》を開けたが最後、誰《だれ》にも止めることはできません」

グレタが怯《おび》えたようにおれの腕にしがみついた。

「この世界には決して触《ふ》れてはならないものが四つある。箱の名前は『風の終わり』。人間達、しかも強大国のシマロンは、その内の一つを手に入れたんです。箱の名前は『風の終わり』。彼等の元に預けておけば、いつかは蓋を開けてしまう」

「そんな最悪なもんなのに?」

「最悪なものだからこそ、それを利用しようとするんだ。自分達ならうまく操《あやつ》れると信じてる。けれど、それは過信だ」

ウェラー卿の銀を散らした虹彩《こうさい》が、一瞬《いっしゅん》暗い闇《やみ》になった。

「……ギュンター、こっちは異国人の足音が聞こえる。念のため裏口に回ろうか」

「では店主に厨房《ちゅうぼう》を通らせるよう言いましょう」

「頼《たの》むよ。さあ陛下、お疲《つか》れだとは思いますが」

「陛下って呼ぶな、名付け親のくせに」

お約束の言葉に緊張《きんちょう》を解かれたのか、少しだけほっとした顔をする。こんな些細《ささい》なことで嬉《うれ》しくなるなんて、どんな恐ろしいことを予期しているのだろう。

「……そうでした。とにかく非常事態が治まるまで、あちらの世界で待ってほしい。眞王廟《しんおうびょう》に巫女《みこ》達が集まって、すぐにでも地球に戻れるよう準備しているから」

「おれのいない間に、戦争始めたりしないだろうな⁉」

「できる限り、避《さ》けるようにします」

「できる限りじゃなくて、絶対に！」

「判《わか》りました。じゃあスパイ大作戦の方向で。ほら、グレタも遅《おく》れないように」

ギュンターが厨房で手招きしている。料理人は鍋《なべ》を振《ふ》りながらも、横目でおれたちを窺《うかが》っていた。さぞかし奇妙《きみよう》な一行に見えていることだろう。

「あちらでもご自分の立場を考えて、自棄《やけ》を起こさずに慎重《しんちょう》に行動してください。何もかも片が付いたら、必ずおよびしますから。でもそのときに俺が……」

俺が、何？　と聞き返す隙《すき》も与《あた》えずに、コンラッドは裏口の戸を開けてしまった。冷たい空気と強い雨が、夜の闇をいっそう居心地《いごこち》悪くしている。

グレタのフードを引っ張り上げてから、おれたちは静かに歩きだした。こんな雨では松明《たいまつ》も提灯《ちょうちん》も役に立たない。ギュンターが口の中で何事か唱えると、彼の高い鼻が赤く灯《とも》った。暗い夜道はカピカピの美形の鼻が役に立つのね。

確かに実用的な魔術だが。

「なんかもっとこう、かっこいい照明はないもんだろうか」

「どうりで」

　ウェラー卿は苦笑した。

「地球のクリスマスについて、根掘《ねほ》り葉掘り訊《き》いてくると思ったら」

　馬を繋《つな》いだ木まで辿《たど》り着くと、先に自分が乗ってからコンラッドはグレタを引き上げた。前に抱《かか》え込むようにして、両脇《りょうわき》から手を回して手綱《たづな》を握《にぎ》る。おれとギュンターも同様に、一頭に二人で跨《また》がった。

　首筋に鼻息がかかるのは、非常事態だから我慢《がまん》しよう。

「この先に教会がございます。うまくすればそこからあちらへと、移動できるやもしれません。巫女達が迅速《じんそく》であればで……」

　耳の横を鋭《するど》い風が過《よ》ぎった。濡れた髪《かみ》が僅《わず》かに遅れてそちらになびく。

　コンラッドが短く何か叫《さけ》び、並んだ馬から腕を伸《の》ばす。

「陛下、危ないっ！」

　頭の上からの声と殆《ほとん》ど同時に、おれは勘《かん》に頼って右に傾《かたむ》く。左脇で、肉を突《つ》き刺《さ》す厭《いや》な音がした。不意に背中の温度が低くなる。

「ギュンター!?」

　派手《はで》に泥水《どろみず》を跳《は》ねさせて、教育係が馬から落ちた。赤い光が蛍《ほたる》みたいに、曲線を描《えが》いて転がった。指が手綱に引っ掛《か》かったのか、前肢《ぜんし》を上げて激しく嘶《いなな》く。

「ギュンターーっ、どうしようごめん！　おれが避《よ》けちゃったばっかりに！」

「ユーリ、早く降りて。降りるんだ！」

全速力で駆《か》け出される直前に、どうにか鞍《くら》から腰《こし》を浮《う》かせる。背中から落ちるかと思ったが、コンラッドがうまく間に入ってくれた。

「まさかこんな所にまで……灯《あか》りが見えますか、一気に走るから、絶対に後ろを見ないように。さあグレタの手を」

「でもギュンターが」

泥の中に横たわる教育係の方に、ふらふらと二、三歩行きかける。

「いいから！」

強い力で引き戻され、おれはグレタの手を摑《つか》んで、揺《ゆ》れる火に向かってひた走った。恐らく二百メートルくらいだったのだろうが、頭の中が真っ白で、距離《きより》も時間も判らない。コンラッドは逆方向に馬を放ち、動かない同僚《どうりよう》の首筋に手を当ててから、少し遅れて追いついた。

オレンジ色の二つの灯りは扉《とびら》の両脇で燃える松明だった。屋根に守られた入り口をそっと押すと、観音開きの片側だけが軋《きし》んで動く。腰より下の隙間《すきま》から、止める間もなくグレタが滑《すべ》り込む。

「……ここって教会なの？　神様の像もお説教するお爺《じい》さんもいないよ」

「いいから」

旅人がいつでも休めるようにか、内部は明るく暖かかった。石床《いしゆか》に木製のベンチがズラリと並び、燭台《しょくだい》には何十本もの蠟燭《ろうそく》が灯されている。オーソドックスなキリスト教会と大差はないが、正面の祭壇《さいだん》には十字架《じゅうじか》ではなく、水を湛《たた》えた平たい鉢《はち》と、巨大《きょだい》な絵画が飾《かざ》られていた。豪奢《ごうしゃ》な部屋の様子が描《か》かれているだけで、誰の姿も写しとられていない。

となりで少女が溜息《ためいき》と一緒《いっしょ》に呟《つぶや》いた。

「綺麗《きれい》な人。ヴォルフに似てる」

「え、だって誰も描《か》かれてないぞ、グレタあれがヴォルフラムに見えんのか?」

強《し》いて言えば、装飾過多なテーブルの脚《あし》あたりが。

頑丈《がんじょう》そうな閂《かんぬき》をかけてから、コンラッドが祭壇に近寄ってきた。危機に瀕《ひん》していることを思い出し、同時に一人欠けていると改めて知った。おれはずぶ濡《ぬ》れの彼の服を両手で摑み、半狂乱《はんきょうらん》で赦《ゆる》しを請《こ》う。

「ごめん、どうしようコンラッド、ギュンターが撃《う》たれた! 絶対おれのせいだ、おれが勝手に避《よ》けたからだよッ!」

「落ち着いて。撃たれたんじゃない、銃《じゅう》はないんだから」

「でももしかしてっ……死……っ……」

言葉が奥に引っ掛かり、喉《のど》が詰《つ》まって呼吸ができない。

「息をしてください。大丈夫《だいじょうぶ》、死んではいないし、あなたのせいでもない。俺もギュンターも国内にまで敵が侵入《しんにゅう》してるとは思わなかった。誰かが手引きしなければ、武器や馬は容易に持ち込めない。内通者がいる可能性を考えなかった。これはユーリでなく俺達のミスだ」

「でもっ……」

「ギュンターが射られたのも、あなたが避けたからじゃない。あの暗闇では唯一《ゆいいつ》の明確な的だったからだ。それに、ユーリが傷ついてギュンターが無事だったら、今頃《いまごろ》彼は胸を突いて命を絶ってるよ。心配しなくても彼は死んでいない……仮死状態にはなってるけれど。でも、そのお陰《かげ》であそこに置き去りにしても、命を落とさずに済みます。わざわざ〝死んでる〟相手にとどめを刺すほど、敵も暇《ひま》じゃないだろうからね」

「嘘《うそ》、をっ」

ようやく唾《つば》を呑《の》み下して、向かい合った相手の両眼《りょうめ》を覗《のぞ》き込む。コンラッドの右眉《みぎまゆ》に残る古い傷が、微《かす》かに震《ふる》えたのを、おれは見逃さなかった。

「……嘘を言って、ないだろうな」

「言っていない」

「さっきからあんたは、何か隠《かく》してる。おれに知られたくない大事なことがあって、必死で口を噤《つぐ》んでるだろ⁉」

「どうしてそんなこと」

「おれの仕事だからさっ」

雨に濡れているはずなのに、胸の魔石《ませき》が温度を上げた。熱く重く、皮膚《ひふ》に押しつけられて、焼き印でも残りそうに強く痛む。

「ホームベースの後ろにしゃがんだら、心を読むのがおれの仕事だからね。投手も、バックも全員の考えを読んで、判断下すのがキャッチャーの仕事。味方だけじゃない、バッターもランナーも向こうのベンチの作戦も、敵味方全員の心を読んで、サイン出すのが捕手《ほしゅ》の仕事。おれはまだ未熟で半人前だから、全員の気持ちまでは判んないけど、一番近い人のことくらい少しは感じるよッ」

短気な上司に胸《むな》ぐらを掴まれたままで、コンラッドは、ふっと口元を歪《ゆが》めた。笑いとはほど遠い表情だ。

「……かなわないな」

「誰《だれ》か来たっ！」

グレタの悲鳴に近い叫び声で、二人同時に扉を見る。強い衝撃で閂《かんぬき》がしなり、今にも牙城《がじょう》は崩《くず》されそうだ。体当たりというレベルではない。

「人間の力じゃないな……何を使ってくるつもりだ」

ウェラー卿《きょう》は大振《おおぶ》りの剣《けん》を抜《ぬ》き放ち、祭壇の絵画へと鞘《さや》を預ける。我が剣の帰するところ眞王の許《もと》のみと、低く呪文《じゅもん》みたいに呟いた。

「よせよコンラッド、縁起悪いよ！」

もう二度と剣を鞘に戻さないつもりか。

「鞘は眞王陛下にお預けする。眞王の許しがあるまで戦い続けるということです。その代わり、陛下のご加護がありますようにってね。ようするに気合いですよ、気合い。グレタを椅子《いす》の下にでも隠してください。向こうも子供までは狙《ねら》わないだろう」

「おれは？　まさかおれは丸腰《まるごし》のまま⁉」

「絵の眞王が見えますか」

コンラッドは唐突《とうとつ》にそんなことを訊いた。相変わらず大きいサイズの額縁《がくぶち》には、ゴージャスなインテリアの王様ルームしか描かれていない。

「……二人しておれをからかってる？」

「良かった、見えないんだな。ではその水を思いきりかけて」

「えっ⁉　そ、それは名画鑑賞《かんしょう》のルールとして、大反則なんじゃないかなあ」

自称《じしょう》・品行方正な高校生としては、芸術を損《そこ》なうような真似《まね》はできない。しかし、今にも突《とっ》破《ぱ》されそうな扉を見てしまうと、修羅場《しゅらば》をくぐってきた専門家の言葉を信じるしかなかった。

満杯《まんぱい》の水を湛えた平鉢から、遠慮《えんりょ》がちに指先で跳ねさせてみる。

「うわ光ったよ。化学反応かなっ」

「そんな上品なことしてないでくれ。もっと思いきり、全面に」

文部科学省の小言を覚悟《かくご》しながら、おれは平鉢を両手で抱《かか》え、これでもかとばかりにぶっかけた。等身大はあろうかという額縁から青白い光が教会中に広がる。

「……すげ……」

「そこから移動できますから」

「はあ⁉」

追われるストレスが耳にきて、聞き間違《まちが》えたのかと思った。

「だって絵だぞ⁉ 光ってるからって、水かけたからって、ふにゃふにゃになってるわけねえじゃん。しかもキャンバス突き破っても、その先には硬《かた》い壁《かべ》があ……」

金具と木材が吹《ふ》っ飛んで、正面の入り口が突破された。十人以上の追っ手が駆け込んで来る。口々に何事か叫んでいるが、語尾《ごび》が独特で聞き取れない。全員が同じ格好《かっこう》をしていて、マントの下で長い手足が泳いでいた。

赤と緑で隈取《くまど》った、揃《そろ》いの仮面をつけているため、一人として顔は判《わか》らない。服の色が濃緑《のうりょく》なのを別にすれば、まるで「スクリーム」の殺人鬼《さつじんき》だった。

「陛下、早く！ 迷ってないで飛び込んでくれ」

「けどこんな大勢、あんた一人でどう……」

「守り切れそうにないから、言ってるんだ！」

追っ手のうち二人くらいが、小脇《こわき》に武器らしき物を抱えている。通販《つうはん》番組でよく見かける、超強力小型掃除機《そうじき》みたいな形態だ。長いヘッドが一回震えると、猛《もう》スピードの火球を吐《は》き出した。バスケットボールよりずっと大きい。

　吸い込まないのか⁉

　一発目は運良く壁に向かったが、二発目は過《あやま》たずおれを狙ってきた。

「危《あぶ》ねっ」

　日頃《ひごろ》の癖《くせ》でキャッチングにいきそうな自分が怖《こわ》い。布の焦《こ》げる匂《にお》いが鼻を突《つ》く。炎《ほのお》は額縁の中央に吸い込まれ、円状に渇《かわ》いて光が消えた。そっと指先で押してみると、ごく普《ふ》通《つう》の油絵の感触《かんしょく》になっていた。

　残る八人はじわじわと歩を進め、跳《と》びかかるタイミングを窺《うかが》っている。二歩半程離《ほどはな》れた前線で、おれに背を向けたままウェラー卿が言った。

「お願いだから、言うとおりにしてください」

「けど渇いて……」

「では早く水を探して……っ！」

　言葉が終わる前に敵が両側から斬《き》りかかっている。鋼《はがね》で一方を振《ふ》り払《はら》い、返した鍔《つば》で次の一閃《いっせん》を受け止めた。背後から襲《おそ》われるのが恐《おそ》ろしくて、おれは首をそちらに向けたまま、祭壇《さいだん》の左のドアに手をかけた。開かない。ノブをいくら回しても、開かない。

「くそっ」

　絶え間ない金属音と、目の端《はし》にちらつく青い火花。数回に一度は剣が石床《いしゆか》を打つ鈍《にぶ》い音が混ざり、足の裏からも衝撃が伝わってくる。

渾身《こんしん》の力で扉《とびら》を蹴《け》り飛ばすと、中央に見事な穴が空いた。

土砂降《どしゃぶ》りの外だ。

「どう……」

ほんの数秒間、雨に気を取られ、背後に注意を払い損ねる。追っ手の一人はその隙《すき》を見逃《みのが》さず、おれの背中に刃《やいば》を振り下ろした。

悲鳴に似た風が、中程で詰まった。何か硬い物に突き当たるが、力と重さに任せて斬り落とす。狩《か》りの獲物《えもの》が空から落ちるような、肉が地面に転がる不吉《ふきつ》な音。

肉も骨も斬られた自分が、石の床に倒《たお》れたのだと思った。

反射的に振り向くと、右手で相手と剣を合わせるコンラッドがいた。耳や首から濃《こ》く赤い血が流れている。

四カ所くらいに緑色の塊《かたまり》があって、それだけ敵は減っていた。

「外に」

言われて扉の穴を潜《もぐ》ろうとすると、踵《かかと》に何か、独特な感触があった。

腕《うで》だ。

「コンラッド!?」

目を逸《そ》らすだけの勇気もなく、おれはただ斬り落とされた左腕を凝視《ぎょうし》していた。指は握《にぎ》るよ

うに曲がったままで、肘《ひじ》の角度もごく自然だった。血は一滴《いってき》も流れておらず、まるで精巧《せいこう》な義手みたいだ。

「ユーリ！」

はっとして顔を上げると、守護者の背中は逆光で影《かげ》になっていた。左脇に、確かな違和感《いわかん》。最悪な状況《じょうきょう》のせいなのか、それとも苦痛のせいなのか、嚙《か》み殺した嗄《しゃが》れ声だ。

「早く外に。もう祭壇から移動するのは無理そうだ」

「コンラッド、腕が……」

それ以上、口にできない。

「言ったはずだ。あなたにならと」

それでもおれには、額に冷たい汗《あせ》を浮《う》かべたコンラッドが、血の気の引いた頰《ほお》と口端を上げて、不敵に笑うのが判っていた。

「……手でも胸でも命でも、差し上げると」

普段《ふだん》の人当たりのいい笑《え》みではなく、剣鬼の形相かもしれないが。

これ以上誰も、傷つけてはいけない。誰も待ち伏《ぶ》せていないことを祈《いの》ってから、おれは扉の穴に上半身を突っ込んだ。大粒《おおつぶ》の雨が顔を叩《たた》く。

心許《こころもと》ない泥《どろ》に両手をついて、やっとのことで全身を引きずり出した。けれど、すぐに足元の地面は崩れ、土砂と共に滑《すべ》り落ちる。摑《つか》まる枝はどこにもない。

「崖《がけ》かよ!?　ちょっ……おい」

名前を呼ぼうと振り返ったとき、熱気と爆風《ばくふう》で扉が吹き飛んだ。

泥土と雨に呑《の》みこまれながら、おれは頭上を見上げていた。離れてゆく教会の裏口からは、炎と煙《けむり》が噴《ふ》きだしている。

微塵《みじん》に散った破片と輝《かがや》く火の粉が、天からキラキラと舞《ま》い落ちてくる。空中の雨粒に反射して、輝きは二倍にも三倍にもなった。

真下から見る、花火みたいだ。

泥で視界も呼吸も奪《うば》われる瞬間《しゅんかん》まで、ぼんやりとそんなことを思うしかない。


誰《だれ》かがおれの耳元に、短く詫《わ》びの言葉を残す。

2

雨を避ける気にもなれない。

濡《ぬ》れて黒と見紛《みまが》う色になった長い髪《かみ》が、首筋に当たって鬱陶《うっとう》しい。不機嫌そうな青い瞳がいっそう暗くなる。

斥候《せっこう》に行かせた二人の兵士が、汚《よご》れきった王佐の身体《からだ》を抱えて戻《もど》ってきた。泥がこびりついた頬は蠟《ろう》のように白く、病で逝《い》った者を思わせる。

「……死んでいるのか」

「いいえ、矢の毒が回らないように、ご自分で仮死状態になられたかと」

「そうか」

屋根のある場所を顎《あご》で示し、フォンヴォルテール卿《きょう》は教会の中に足を踏《ふ》み入れた。

祭壇近くの長椅子《ながいす》には、末弟と少女が寄り掛《か》かっている。

「ギュンターが見つかった」

近付けすぎた松明《たいまつ》の火で、金髪《きんぱつ》を銅色に輝かせながら、フォンビーレフェルト卿ヴォルフラムは頷《うなず》いた。グレタは口をきゅっと引き結び、ヴォルフラムの腕を摑んでいる。

グウェンダルはゆっくりと膝《ひざ》を折り、遠巻きに見守る部下達には届かないように、低い声でグレタに訊《き》いた。

「何があった」

「子供には無理です」

ヴォルフラムが憮然《ぶぜん》とした表情で、もう必要ない松明を無意味に揺《ゆ》らした。

「だが、他《ほか》に誰に訊けばいい？」

「でも、子供には……」

さえぎって少女がきっぱりと言う。

「話せるよ」

「では教えてくれ」

誰の顔も目も見ずに、グレタは上擦《うわず》った声で話し始めた。息を継《つ》ぐ間も惜《お》しいとばかりに、つっかえもせずに喋《しゃべ》り続ける。

「ギュンターもコンラッドも、国内にまで敵が来てるって考えなかったんだよ。だからグレタも連れてきてもらえたんだよ。大急ぎでユーリを迎《むか》えに来たの。誰も喚《よ》んでいないはずなのに、ユーリのタマシイがこっちに来てそうだって、一番偉《えら》い巫女《みこ》さんが言ったから。方角も時刻もぴったりだったんだよ。お城に連れて戻ってるヨユウはないから、会いたいなら一緒《いっしょ》に連れて行ってあげるって言われたの。グレタはどうしてか知らないけど、ユーリにはすぐに帰ってもらうヨテイなんだって……どうして？」

「この国が安全とは言えないからだ」

「箱のせい？」

「ああ」

やっとグウェンダルの顔を見上げた。凛々《りり》しい眉《まゆ》と長い睫毛《まつげ》を震《ふる》わせて、怒《いか》りの対象を探している。グレタは吸い込んだ分よりもっと多く、感情を抑《おさ》える息を吐いた。

「……でね、裏口から馬に乗って、ギュンターの鼻が夜道で役に立ったの。そしたら誰かが、ユーリとギュンターを弓矢で狙《ねら》ったんだよ。それでギュンターが……馬から落ちたの。三人でここに逃《に》げ込んで、コンラッドはあの」

中央だけ焼け爛《ただ》れた額縁《がくぶち》を指差す。

「ヴォルフにそっくりな絵からイドウできるって言ったんだよ。巫女さん達の準備が整ってれば、ユーリがチキュウに戻れるって。でもね、あいつらが……コンラッドが半分以上、やっつけちゃったけど。あいつら、火を吐く筒《つつ》を持ってたの。それで扉《とびら》を破ってきたんだよ。グレタは危ないから、隠《かく》れてなさいって、隠れてっ、椅子《いす》の下に隠れて、たんだけどっ、ユーリがあっちの扉を蹴《け》ったの。そこから外へ出られたかもしれない。でも、ダメだっ……かも……あいつらが、っあのッ火で……撃《う》ったんだよ、ユーリとコンラッドを」

まだ小さな掌《てのひら》で、グレタは目尻《めじり》をごしごし擦《こす》った。

「……睫毛が、目に入っちゃったよう」

「グレタ」

松明を預けて、ヴォルフラムは子供の肩《かた》を引き寄せた。グウェンダルは赤茶の巻き毛に手を載《の》せる。

「死んじゃったの……？　ユーリも、コンラッドも……お母様みたいに、ヒューブみたいに」

少女は、昏々《こんこん》と眠り続ける知人の名を口にした。

「ゲーゲンヒューバーは、生きているだろう」

「でも目も開かないし、喋らないよ……グレタが悪いのかな、みんなグレタが悪いのかな」

泣く寸前の涙声《なみだごえ》で、石の床《ゆか》を数回蹴った。問題の扉近くで兵士達が、鎮火《ちんか》したと大きく手を振《ふ》っている。雨のお陰《かげ》で大きくは広がらなかったが、少なくとも木の部分は燃え落ちてしまった。恐《おそ》らく遺体や肉片も、無惨《むざん》な状態になっていることだろう。

フォンヴォルテール卿は膝を伸《の》ばし、靴《くつ》を鳴らして立ち上がった。

「ユーリが此処《ここ》にいたら、お前が悪いと言うと思うか？」

「……ユーリはそんなこと、言わないよ」

「では、そういうことだ」

裏口の先は崖だった。春前の少雨期が災いして、地盤《じばん》はかなり脆《もろ》くなっている。実際、石材の途切《とぎ》れるすぐ先は、崩《くず》れた土砂《どしゃ》に埋もれていた。

「使いをやりました。近隣《きんりん》の住民と全兵士を動員して、すぐに捜索《そうさく》を開始します」

「任せる」

ここを掘《ほ》り返すくらいしか、今の自分達にできることはない。

女性兵にグレタを任せたのか、末弟が無言で隣《となり》に立つ。死体の焼ける不快な匂《にお》いに、眉を顰《ひそ》めることもしない。黒く焦《こ》げた布の塊《かたまり》を調べていた者が、下を向いたままで呟《つぶや》いた。

「人間ですね……申し訳ありません閣下、人間であります」

「ああ」

「こちらもそのようです。となると……その……お探しの、いえ、ご心配の……」

「余計な気を回すな」

「はっ、背格好や装飾《そうしょく》品から判断しまして……陛下のご遺体は……ない様子です。しかし小規模ながらも爆発《ばくはつ》が起こったと推測しますと、確かなことは申し上げられません」

「生存の可能性はあるということか？」

やっと口を開いたヴォルフラムの、彼らしくなく低い声に驚《おどろ》いた。これではまるで……。

「自分には何とも……ただ……」

兵士は気弱そうに言い淀《よど》み、半ば炭化した棒状の物体をそっと動かした。床側の、焼け残った部分が上を向いたことで、初めてそれが腕《うで》だと判《わか》る。

「この飾《かざ》り釦《ボタン》に見覚えはありませんか。貴族の方々が身に着けられる細工かと」

「……ウェラー卿のものだ」

「ということは、これはコンラートの腕ですか」

また、冷たく平静な口調で確認《かくにん》する。妙《みょう》な顔で自分を見詰《みつ》める兄に気づき、三男は眉を上げて聞き返した。

「兄上？」

「私に似るな」

「何ですかいきなり」

いや、とゆっくり首を横に振ると、フォンヴォルテール卿は声高《こわだか》く兵に命じた。

「何もかも全《すべ》て城へ運べ！　欠片《かけら》も灰も一塵《いちじん》たりとも残すな。だが、人間どもの燃えかすとは、決して一緒に扱《あつか》うなよ」

それから、軽くなった異父弟の腕を取り、手首に残る釦を毟《むし》った。煤《すす》で黒ずんだ貝細工を、末弟の掌に落としてやる。

数拍黙《すうはくだま》り込んだ後、ヴォルフラムは堰《せき》を切ったように叫《さけ》びだした。最愛の王と、嫌《きら》っているはずの次兄《じけい》の名を繰《く》り返し、定まらぬ相手への悪態を吐《つ》いた。誰《だれ》にも顔を向けぬまま、あらん限りの力で壁《かべ》や燭台《しょくだい》を蹴り飛ばした。

そうだ。お前くらいは、感情的でいろ。

そうでなければ万が一「彼」を失ったときに、民《たみ》も城も国家も踏み止《とど》まれまい。

3

なんで謝るんだよ、なにを謝るんだよ、誰に謝るんだよ!?

重すぎる言葉が気になって、ゆっくり眠《ねむ》ることもできない。瞳《ひとみ》の裏側がじんと熱く、瞼《まぶた》が小刻みに痙攣《けいれん》する。何かを無理やり堪《こら》えたときみたいに。

「……うーん重い……それにしても重い……重すぎる」

具体的にいうと、下腹部が。

手足の皮が妙に突《つ》っ張って、日焼けした後みたいにヒリヒリした。それもそのはず、おれは草野球の資金稼《かせ》ぎのため、海の家兼《けん》ペンション「M一族」にて、ガテン労働中だったのだ。決して彼女ゲットとか、一夏の恋《こい》が目的ではないぞ。

海辺のバイトであのコスチュームだ、日に焼けないわけがない。こんがりお肌《はだ》の野球少年は、遊びに来ていた女子大生二人組に慕《した》われちゃってもう大変! 背中にオイルを塗《ぬ》ってとか、お腹《なか》にオイルを塗ってとか、みぞおちにオイルを塗ってとか……どうもそれより先が思いつかない。この想像力の乏《とぼ》しさは、逆ナン未経験ゆえだ。

そうだ、流されて洞窟《どうくつ》にひっかかった、レモンイエローの乳吊《ちちつ》り帯を回収してくれとも頼《たの》まれたんだっけ。

「……なんだよその、乳吊り帯って」

眼病にかかったときみたいに、視界が灰色の薄《うす》い膜《まく》で覆《おお》われている。そのせいか天を見上げて大の字になっているのに、さして太陽が眩《まぶ》しくなかった。背中には湿《しめ》った砂の感触《かんしょく》があり、風は磯《いそ》の匂いがした。

海だ。

ゆっくりと思い出す。

おれはいつものように異世界に流されて、いつものように教育係と保護者に拾われた。ますます可愛《かわい》くなった娘《むすめ》とも、親バカ丸出しで再会した。でも、その先に待ち受けていたのは、見たこともないような悪夢だ。

投げ出された左腕に、冷たい波が触《ふ》れてくる。音と同じタイミングで、寄せては絡《から》んで帰ってゆく。

「ギュンター」

口に出して名前を呼んでみるが、返事をしてくれる相手はいない。

「……コンラッド」

後頭部を砂に擦りつけて、寝《ね》たままで何度も首を振る。死んでない。絶対に生きてるって。確かに左腕を斬《き》り落とされるのは見たけれど、その後おれは土砂崩《くず》れに巻き込まれてしまったのだから、彼がどうなったのかは確認できていない。

絶対に、生きてるって。

それにしても崖《がけ》から落ちたはずなのに、一体どうして海岸にいるのだろう。もしかして百万分の一の幸運で、あのままスタツアってくれたのだろうか。だとしたらいつもどおり村田が覗《のぞ》き込んでいて、ああ渋谷もうダメかと思ったよーと、誤解を招く抱擁《ほうよう》を披露《ひろう》してくれるはずだ。

しかし周囲に人影《ひとかげ》はなく、紐《ひも》パンがばれる心配もない。おれは腹筋に力を込《こ》め、えいやとばかりに起き上がった。肌にこびり付いた灰色の泥《どろ》が、乾《かわ》いてひび割れこぼれ落ちる。

この、マダム御用達《ごようたし》・全身泥パックが、皮膚《ひふ》をひりつかせていたわけだ。

「そんなお洒落《しゃれ》さんじゃねーっての、おれは…………うひゃ」

重い重いと気にしていたら、股間《こかん》には大変化が起こっていた。

「なな、なんでおれのギャランドゥが金髪《きんぱつ》にっ⁉」

酒場の酔《よ》っぱらいの借り物ズボンに、金髪がもっさりと盛り上がっている。しかもこの異様な量はどうだろう⁉

「うーん」

「喋《しゃべ》った、ぎゃ、ギャランドゥが喋った！　ていうか、村田⁉」

金髪には首も肩もついていて、その先には剝《む》き出しの背中があった。サングラスを頭に載《の》せたままの村田健は、両手をついて勢いよく顔を上げた。

「生きてる！」

「……そりゃあ立派に生きてますけど……なにゆえお前がおれの股間に顔を埋《うず》めてんだよ」

「助かったんだ」

「助かるもなにも、お前は危険に遭遇《そうぐう》してないじゃん」

友人は額に手を当てて、眉間《みけん》に悩《なや》み皺《じわ》を作った。

「ああでも、漂流《ひょうりゅう》期間のことを、何一つ覚えてない」

「んだよ、大袈裟《おおげさ》だな、漂流って」

「渋谷、ここが何処《どこ》か判るか？」

「どこって、海の家『Ｍ一族』の縄張《なわば》り……」

三六〇度ぐるりと見回しても、ビーチパラソルどころか海水浴客の影《かげ》さえなかった。見渡《みわた》す限りの砂、海、砂だ。自販機《じはんき》もシャワー小屋も見あたらないし、焼きそばソースの焦げる匂《にお》いもしない。

「おかしい。地球に戻《もど》ったはずなのに」

「ああやっぱり渋谷も混乱してる。いくらなんでも惑星《わくせい》規模の漂流はしてないよ。だってさぁ渋谷、お前ってばうまいことビキニ上を手にしたのに、足でも攣《つ》ったのかどんどん沈《しず》んじゃうんだもん。慌《あわ》てて助けに行ったはいいが、僕まで溺《おぼ》れて流される始末。こういうのをミイラとりがミイラになるっていうんだろうねぇ。ハムナプトラも顔負けだよ」

「トラの話は聞きたくなーい！」

村田は青系のサングラスを掛《か》け直し、視力を戻してから周りの景色を確認《かくにん》した。自分の中で納得《なっとく》がいったのか、しきりに小さく頷《うなず》いている。

「うん、無人島だ」

「結論が早いなあ」

よっこらしょ、と高校生失格な掛け声で、砂浜《すなはま》の上に立ち上がる。風に当たって冷えたのか、思い出したように両腕《りょううで》を軽く擦《こす》った。

「真夏の日本から、ずいぶん涼《すず》しい島まで流されちゃったなぁ」

「寒いはずだよ。お前、裸《はだか》エプロンのままだし」

「ちぇ、自分だけ良さそうな革《かわ》ジャン着ちゃってさ。一体どこから拾ってきたんだよ。ドロドロに汚《よご》れてるけど。いいかい？　今日からは何でも二人で分け合わなきゃ駄目《だめ》だからなっ。まさか渋谷と無人島生活する日がこようとは、中学んときは思いもしなかったけど。なっちゃったからには仕方ない。僕がロビンソンでお前がクルーソーだからな」

同一人物だろというツッコミはおいとくとしても、前向きさには頭が下がる。村田は砂丘《さきゅう》をどんどん歩きながら、住居や衣服や畑作り、家畜《かちく》の世話の当番制まで計画していた。

とりあえず肌寒《はだざむ》さをしのげるようにと、コンラッドの上着は村田に貸してやった。海パンに大きめの革ジャンという、これまた教育的指導な格好《かっこう》だ。

生まれて初めて見る裸革ジャン（もどき）が村田だなんて、男子高校生として空《むな》しすぎ。自分は前後ろ両面にエプロンをかけた。借り物とはいえズボンがあるだけ、まだマシだ。

それにしても本当に此処《ここ》はどこだ？

おれの間違《まちが》えた転送先に、どうして村田がいたのだろう。そもそも何故《なぜ》、あの場所あの瞬間《しゅんかん》へと、いつもどおりに着くことができなかったのだろうか。気付かぬ間に取り返しのつかないミスをしでかして、全《すべ》てが狂《くる》ってしまったのか。

砂に足をとられながら丘《おか》を越えると、眼下に集落らしき家々があった。海辺の漁村という光景で、軒先《のきさき》には海藻《かいそう》や網《あみ》が干してある。

「……どこが無人島だよ」

「しまった、ロビンソンとクルーソー計画、早くも頓挫《とんざ》」

その上、洗濯物《せんたくもの》を抱《かか》えた若い女性が、麦わら帽子《ぼうし》姿で歩いてくる。

「第一島人《しまびと》はっけーん」

「渋谷って視力2・0だよな。そのいい数字で確認して教えてくれ。あれはどっから見ても金髪茶眼、外国人と判断してよろしいよな？」

「よろしいんじゃないか」

「なんてこった、僕等ヨーロッパのリゾート地まで流されちゃったのか！」

いや、アメリカ大陸かもしれないだろう。とりあえず英語でチャレンジだ。

おれは礼儀《れいぎ》正しく野球帽《ぼう》をとって、乾いた泥を軽く払《はら》った。ぎこちない角度で右手を挙げる。

「ハ、ハローおぅ」

日本人的カタカナ・イングリッシュ。

女性は薄茶《うすちゃ》の瞳《ひとみ》を見開いて、持っていた布の束を落とした。おれを指差そうとして失敗し、唇《くちびる》を震《ふる》わせて呟《つぶや》いた。

「く……黒……」

もつれる脚《あし》で向きを変え、今来た方へと走りだす。

まずい、この反応には覚えがあるぞ。彼女はおれの髪《かみ》と目の色を知り、魔族《まぞく》だと悟《さと》って逃《に》げたのだ。どんなに遠く離《はな》れた海外だとしても、地球でこんなことが起こるわけがない。

つまり、此処はまだ眞魔《しんま》国のある世界なのだ。

魔族と人間が対立する、外見だけで差別されることが当然の社会。それも居心地《いごこち》いい自分の国ではない。魔族が旅するにはシビアな地域、おれが最も忌《い》み嫌《きら》われる人間の領地だ。

「驚《おどろ》いた、渋谷の『ハロー』ってすごい威力《いりょく》だなぁ！」

「そんなこと言ってる場合じゃねぇよ。ヤバイぞ村田、あの人きっと皆《みんな》に言って回る。あっという間に噂《うわさ》が広まるぞ。くそっ、ただ単に両目と髪の毛が黒いってだけで」

「はーん？　だから一緒《いっしょ》にイメチェンしようって誘《さそ》ったのにー」

「それどころじゃないんだって！　いいか落ち着いて聞いてくれよ？　ここはアメリカでもヨ

ーロッパでもないんだよっ、ドルもユーロも使えない。英語もフランス語も通じない。ここは地球ですらないんだから！」

村田健は眉《まゆ》をひょいと上げて、どう言ったものかという顔をした。

「……太陽系で他《ほか》に酸素のある惑星は——……」

「じゃなくてっ」

こういう体験が初めての者を相手に、どう説明したら理解してもらえるだろう。おれが最初にこっちに来たときは、どんな経過で事態を受け入れたんだっけ？　けど今は悠長《ゆうちょう》なことをしている場合じゃない。彼女の村からなるべく早く離れなくては。

「走るぞムラケン！」

キャップをなるべく目深《まぶか》に被《かぶ》り、余った髪も押し込んでから、海岸線を逆方向に進んだ。砂地マラソンは下半身強化に有効だが、追われてまでもしたいものではなかった。

それでも、おれが自分でどうにかしなくては。

助けてくれる仲間は、いないんだ。

半日くらい歩き続け、太陽が真上に来た頃《ころ》に、おれと村田はやっと次の街に辿《たど》り着《つ》いた。

海に面した国らしく、活気のある石造りの港街だ。いい具合に人出も多いので、見咎《みとが》められる危険も少ないだろう。大切なのは目立つ行動をとらないことだ。まずはこの服装をなんとかしなければならない。

「革ジャンにナマ足って、やたら目立つ」

「そうかなー、渋谷の両面エプロンだって結構個性的だぞ？　僕等が日本に帰れる頃には、新しいブームとして現地に残るかもしれないよ。それより大使館か領事館探さない？　水着のせいで門前払《もんぜんばら》いってことはないと思うんだけど……」

村田健はいまだにここが、海外のどこかだと思っているようだ。事実をうまく説明できればいいのだが、おれにはとても難しい。

だって誰《だれ》が信じるっていうんだ。うっかり異世界に送られた話を。

それでも彼の場合はまだマシだ。少なくとも洋式便器からではない。この先、公衆トイレ恐《きょう》怖症《ふしょう》になることも、洋式便器の「底」をまじまじと確認する習慣もつかないだろう。

「村田、金持って……るわけないよなあ」

「渋谷こそ、金持って……そうにないなあ。しょうがない、じゃあそれ売って僕のズボン買ってくれよ」

人差し指の爪《つめ》で、魔石をつつく。

「おいおいおいおい、じょーだんじゃねーよ。これはものすごいお宝なんだぞ。取り返しのつかないことさせんなよ」

「ちぇ、ケッ」

それを言うならケチだろう⁉

不器用な高校生にもできるのは、てっとり早い日払いバイトを探すことだ。貨物船が続々と入港してくるので、積み荷運びの仕事ならいくらでも転がっていそうだ。制服貸与《たいよ》なら尚更《なおさら》いい……と思ったら。

「ありゃ」

確かに制服は貸してくれた。むくつけき男達の殆《ほとん》どが、揃《そろ》いの赤いユニフォームで黙々《もくもく》と働いている。

「……フンドシ」

躍動《やくどう》する筋肉美が余すところなく見られて、確かに漢前度《おとこまえど》アップなのだが、自分達の貧弱な肉体を顧《かえり》みるに、これならむしろ今のままのほうが気が楽だ。紐《ひも》パンも躊躇《ちゅうちょ》するが、フンドシもちょっとなあ。

「お前のビキニ海パンよりは、おれの方が恥《は》ずかしくないかも。サーファータイプだかんな。じゃあとりあえず、しばらくの間、よれよれだけどズボン貸すわ」

「うう、複雑だなあ、体温の残るパンツを貸し借り」

「厭《いや》なら早いとこ半日分のバイト代貰《もら》って、シャツとおズボンと靴下《くつした》買おうぜ」

記名する紙があったので、仕方なくおれが二人分書いた。基本的には魔族の標準語と同じ形だが、こちらの世界の文字は覚えたばかりなので、くさび形文字の如《ごと》くたどたどしい。ちなみに漢字は、普通《ふつう》に下手。

「村田がロビンソンね」

「そう。そっちがクルーソー。ていうか何で偽名《ぎめい》なの？」

「おれの都合」

「渋谷って変なやつだなあ」

王様なんて身分を体験し、そのせいで命まで狙《ねら》われれば、おのずと用心深くもなる。帽子で頭部を隠《かく》しているとはいえ、両眼《りょうめ》の色はそのままだ。強引無謀《ごういんむぼう》なイメチェン戦略のお陰《かげ》で、村田の外見は無国籍風《むこくせき》になっているが、おれのほうは誰かの目を見て話すことさえできない。

「なあ、そのグラサン貸して」

「へ？」

「だってお前、嬉《うれ》し恥《は》ずかしカラーコンタクトだろ？　この世……この国では黒は不吉《ふきつ》だとされてて、それだけで虐《いじ》めにあったりすんだよ」

「よく知ってるなー。来たことあるの？」

「いっ、いやないけどさ、ないけどなっ？　そういうことには敏感《びんかん》なのおれは！」

青系のサングラスは強い度入りだったので、かけた途端《とたん》に頭がクラクラした。いきなり視界

が狭《せま》くなる。

「うっわ大変だ、ぼんやりしちゃって見えねえ」

「こっちも眼鏡《めがね》ないと辛《つら》いよー……っと、あ、すみません」

赤銅色《しゃくどういろ》のマッチョに衝突《しょうとつ》して、村田は即座《そくざ》に頭を下げる。相手は「いいってことョうん」と豪快《ごうかい》に言い、担《かつ》いだ荷物ごと行ってしまった。その声が意外にも老《ふ》けていたので、おれはそっとレンズを下げて盗《ぬす》み見る。

2・0の視力で確かめると、盛り上がった力瘤《ちからこぶ》や背筋の上にシワとシミで衰《おとろ》えた顔があった。どう好意的に判断しても、軽く七十は超《こ》えている。

「驚いたな！　あんないい身体《からだ》してるけど、かなりのジジ……高齢者《こうれいしゃ》だよ」

「高齢者ぁ？　お年寄りがなんでこんなハードな仕事を」

改めて観察し直すと、そこら中がシルバー人材で溢《あふ》れていた。皆、筋骨隆々《りゅうりゅう》で生き生きと働いてはいるが、お肌《はだ》や顔には明らかに老いが顕《あらわ》れている。

赤フンドシ一丁の、老人マッチョ（軍団）だ。

「驚いたかいヤ？　うん？」

荷箱の重さと老人の元気さに唖然《あぜん》とする。立ち尽《つ》くすおれたちにかけられたのは、岸田今日子《きしだきょうこ》に似た声だった。この女性がまた、見事な肉体美で、ボディービル大会に出られそうな胸をしている。しかも男性達のセクシーコスチュームに対抗《たいこう》してか、抜群《ばつぐん》な露出度《ろしゅつど》の超《ちょう》ミニ水着。

しかも目に痛いビタミンオレンジ。

「……やったー男の憧《あこが》れマイクロビキニー」

「おいおい、棒読みだぞ渋谷」

引っ詰《つ》めて後ろでまとめた白髪頭《しらがあたま》、皺《しわ》に彩《いろど》られた世話好きそうで優《やさ》しい笑顔《えがお》。ここまでは毎朝庭先を掃《は》いていそうな、ごく普通の近所のお婆《ばあ》ちゃんだ。しかし首から下は完全なマッスルで、汗《あせ》と油にテラリと光っている。そして声は、岸田今日子。

夢に見そう。

「まあまあ、細っこい身体しちゃってェ。あんたらこの辺のもんじゃないネー？　流れ荷客にしてもあンまりにも貧弱だヨ、うん」

「この辺って、お婆さ……や、えっと奥さん、ここは何処《どこ》の港なんですか」

筋肉老女はカクカクと入れ歯を鳴らし、右手を上下に動かした。

「イんだヨ、確かにあたしゃぁ婆さんだかんネ、うん。それにシテも、ここがどこかも知らないジャ、いい若いもんが旅する意味がないヤ、うん」

所変われば方言変わる。アクセントや語尾《ごび》に違和感《いわかん》があるのは、眞魔国から離《はな》れているせいだろう。どうやらこの国の人々は、自分で自分に返事をする喋《しゃべ》り方らしい。

「ここはギルビットの商業港だヨ、うん。小シマロン領カロリア自治区の南端《なんたん》サー」

シマロン！

　以前に耳にした地名だ。記憶《きおく》力は少々心配だが、あまりいい印象は持っていない。

「ギルビットっていうと、英語ではギルバートかな。あのー奥さん、日本領事館の場所はご存じないですか？　うーんいまいち通じてないかな？　えー、フラウ？　イッヒはですねーいわゆる一人のヤパーナーがですねー」

「村田、長嶋《ながしま》調になって……あれ!?　お前なんで言葉が通じんの!?」

「それはこっちが訊《き》きたいよ」

　筋肉老女に接触《せっしょく》を試みていた村田健は、おれに向き直った。

「どうして渋谷はドイツ語がペラペラなわけ？　野球以外にも特技があったなんて知らなかったな」

「ドイツ語？　お前はドイツ語喋ってんの？」

「そう。必ずしも同じとは言い難《がた》いけど、従兄弟《いとこ》か又《また》従兄弟ぐらいの関係だと思う。僕は第二外国語が独語選択《せんたく》だし、W杯《ワールドカップ》のために個人的にもかじってるけどさ」

　こいつが有名進学校生なのを忘れてた。

　いずれにせよおれの耳には、生まれたときから話している日本語同様にしか聞こえない。

「細ッこいけど元気そうなにーちゃんたちだいネ、うん。最近じゃ若いのの姿も見ないからサ、年寄りとしちゃついつい嬉しクなっちゃうネー、うん」

　優しいお婆ちゃんの微笑《ほほえ》みが、どうしようもない諦《あきら》めで曇《くも》った。

「……ほんとはあたしら年寄りじゃなく、若い子達が働ければいいんだけどネぇ、うん」

絶え間なく脇《わき》を通り過ぎる「荷客」達に、働き盛りの青年の姿はない。ごくまれに十代半ばの少年はいるが、圧倒《あっとう》的に高齢者が多かった。

「まったくけしからんなぁ。爺《じい》さん婆さんにこんな肉体労働させておいて、成人男子はどこで遊んでるんだろう」

「みんな兵役《へいえき》に行ってんのサ、うん。もうすぐ戦争が始まるかんネ」

「戦争⁉　アメリカと何かもめたんですか」

やっぱり村田はまだここを……。

「魔族《まぞく》と闘《たたか》うのサー、うん」

その瞬間《しゅんかん》におれの受けた衝撃《しょうげき》は、誰《だれ》にも想像できないだろう。

魔族と戦争をするだって⁉　この国が？　確か小シマロン領カロリア自治区ギルビット商業港が？

おれがあれだけ永世平和主義を唱えてきたってのに、ちょっと姿を消せばすぐにこれか。どうなってるのよ眞魔国。信じちゃ駄目《だめ》なの眞魔国？

いや、でもきっとおれがいなくても、遺志を継《つ》いだ誰かが開戦反対を叫《さけ》んでくれるはずだ。ああっ遺志って何よおれまだ死んでないのにー！　生前あれだけユーリ贔屓《びいき》だった面々が、ほんの数日で方針転換《てんかん》するわけが……ああっ生前って何よおれまだ死んでないのにー！

「シマロンは世界中を自分の国にするつもりなんだヨー、うん。カロリアを負かしたときみたいにネ、うん。すごい強力な軍隊を編成するンだっテサぁ、すごい兵器も手に入れたんだってサ、うん……そんなことをして」

お婆ちゃんは目を細めた。

「そんなことをして、なんになるんだろうねえ。あたしらの娘《むすめ》時代とおんなじこと繰《く》り返してヨ、土地が増えるのがそんなにいいことかネー、あーん」

「大丈夫《だいじょうぶ》ですよ」

おれは思わず即答していた。

村田が、何が？　と聞き返す。

「大丈夫ですよ、戦争になんかならないから。シマロンがどうだか知らないけど、魔族は戦争なんかしませんよ。絶対そんな辛いことはさせないって！」

おれが改めて言わなくても、残った皆《みな》は理解してくれている。仕事を助けてくれていたギュンターが、開戦反対を強固に主張してくれるだろう。好戦派の貴族もいないわけではないが、説得にはコンラッドも力を貸してくれるはずだ。

「……あ」

あの惨状《さんじょう》を思い出す。

グレタは、隠《かく》れていたから無傷で済んだはずだ。ギュンターも外で倒《たお》れていたし、自ら選んだ仮死状態だとしたら、最悪の事態にはなっていないだろう。

　では、コンラッドは？

　斬《き》られた腕《うで》と爆発音《ばくはつ》、火柱の噴《ふ》きだした教会の扉《とびら》。

「絶対に、大丈夫だって！」

　痛いほど目を閉じて首を振《ふ》る。そんなこと、あるわけがない。

「渋《しぶ》……違《ちが》った、クルーソー、他人の国に関する軽率《けいそつ》な発言は、コクサイモンダイにも発展しかねないぞ」

「は？　あ、ああ、そうでした、そうですねロビンソン……なんだかなー、どうもロビンソンのが名前として響《ひび》きがいい気がする。そもそもなんでおれがクルーソーなのやら」

「やなの？　じゃあクルーニーならいいのか、人気俳優だし。それとも来るぞーが嫌《いや》なら、もっと柔《やわ》らかくクルーヨーにするか」

「だったらお前もイクヨにしやがれ」

　働くお婆ちゃんは孫に向けるような視線で、言い合うおれたちを見守っていた。

「うちの子たちも早く戻《もど》ってくれたらいいのにヨ、うん。シマロン本国はああいってるガネ、あたしたちカロリアの住人は、ほんとは戦《いくさ》が嫌《きら》いなのサー、うん。ほいだから大国同士が勝手にする争いごとニナ、巻き込まれたかないんだイネ、うん……でも自治区ったたって所詮《しょせん》は小シマロンの領土だからサ、兵力を出せっていわれりャ逆らえないんだョ、うん。ああ……六十年前に戻れたらネー」

　おそらく六十年程《ほど》前に、大きな征服《せいふく》戦争があったのだろう。老婦人は薄《うす》い笑みを浮《う》かべて、自分自身に言い聞かせるよう呟《つぶや》いた。

「いっそ何千年も前に戻ってヨ、強くて慈悲《じひ》深かったっていう旧国主一族に帰ってきてもらえたら、シマロンの犬になんぞならんでも良かったノにサ、うん」

「旧国主って……」

　突然《とつぜん》、鐘楼《しょうろう》で轟音《ごうおん》が発せられた。仰天《ぎょうてん》して振り向くと砲門《ほうもん》から煙《けむり》が流れている。停泊《ていはく》していた船舶《せんぱく》も次々と大砲《たいほう》を鳴らし、港は破裂《はれつ》音で満たされてしまう。

「なに⁉　ナニナニっ、もう始まった？　もう始まっちゃったのか⁉」

「落ち着け渋谷！　まずはガスの元栓《もとせん》だ」

「そりゃ地震《じしん》だろ」

　勤労中だった荷客達も、次々と桟橋《さんばし》を渡《わた》って避難《ひなん》してくる。みな一様に早足だが、誰一人として取り乱してはいない。行き届いた避難《ひなん》訓練の成果だろうか。

　痩《や》せ型の老人が一人、陽気な調子で手を振ってきた。

「おーいにーちゃんたちョー、昼メシだョー、うぅん」

「……休憩《きゅうけい》の合図かよ」

　頼《たの》むから時報は、「野ばら」か「夕焼けこ焼け」にしといてくれ。

昼食用の食券を受け取って、労働者達に交ざって列に並ぶ。

人々がどんどん吸い込まれていく先は、食堂というか、定食屋だった。薄緑《うすみどり》の壁《かべ》に、クロスのないテーブルがいくつも並んでいる。窓枠《まどわく》と同じ朱色《しゅいろ》の椅子《いす》は、次々と人で埋《う》まってゆく。ビート板サイズのトレイを差し出すと、おかみさんたちが豪快《ごうかい》におかずをよそってくれるシステムだ。最後に大きめのパンを一切れと、牛乳らしき白い飲み物を貰《もら》う。まるきりお洒落《しゃれ》じゃないワンプレートディッシュ。

「あーらおにーちゃんたち、貧弱ねー。山羊《やぎ》チチもう一杯《いっぱい》あげましょうかぁ？」

「や、ヤギ乳？」

「そーよ。たくさん飲むと翌年必ず背が伸《の》びるのよー」

誰にも気付かれないマイレボリューションだ。

片手にカップ、片手にお玉、唇《くちびる》にヤギチチ、背中にオレンジ色の髪を垂らした女将《おかみ》さんは、片目を瞑《つぶ》りながら言った。先程のマイクロビキニ婦人に負けず劣《おと》らず、彼女もまたがっしりとしたいい身体《からだ》をしている。肩幅《かたはば》や身長は平均的男性以上だ。ジャジーな声につれて喉仏《のどぼとけ》も上下するが、注意して聞くと語尾にはなまりもなく、都会的な喋り方だ。この場の誰よりも若いし、なかなかの美人だから、きっと港のアイドルだろう。でもおれとしては少々濃すぎる化粧をとって、お玉よりもバットを持たせてみたい。三割三十本は打ってくれそうだ。

「ねえ、お連れさんがおっさんと話してるけど？」

「げ」

ちょっと目を離《はな》したすきに、村田は口髭《くちひげ》を蓄《たくわ》えたロマンスグレイと話し込んでいた。穏《おだ》やかそうな紳士《しんし》面《づら》だが、首から下は赤フン一丁。男らしさの象徴《しょうちょう》である胸毛《むなげ》も白髪《しらが》だ。相席なんかして話し込んでいる。

「むら……ロビンソンっ、勝手に歩き回るなよ」

「ちょうどよかった、今この人に領事館の場所を聞いてたところ」

胸白髪《むねしらが》さんは、おれを見上げた。

「しかしあんたらナー行っても無駄《むだ》だヨ、うん。ノーマン様はだーれにもお会いになんないしナぁ、うん」

「いえそんな偉《えら》い人に会ってもらわなくてもね、職員に話が通ればいいんで」

困った、やっぱり村田はここを地球上のどこかと信じている。いっそ死後の世界だとでも思わせて、しばらく大人しくさせておこうか。異世界から流されてきた二人組が相手だとも知らず、胸白髪さんは乳を飲みながら話している。髭の先に点々とついた白い雫《しずく》がどうにも気になって仕方がない。

「元々ノーマン様はサ、お小さい頃《ころ》にひどい熱病にかかられてヨ、うん、痘痕《あばた》やなんかを隠すためにって、銀ぴかの仮面を被《かぶ》ってらしたんだけどもナ、うん」

「か、仮面の男なんだ……」

映画で観《み》た覚えがある。ルイかリチャードのどちらかだった。鉄仮面ってどれくらいの重さなんだろう。夏場は汗疹《あせも》に悩《なや》まされないのだろうか。

「けどモ、三年前に馬車で事故に遭《あ》われてからョ、外へとお出にならなくなっちまったノサー、うん。噂《うわさ》じゃ足腰《あしこし》立たなくなったわけでもなく、館《やかた》ん中じゃ普通《ふつう》に過ごされてるらしいガよ」

「引きこもっちゃったんだな、ノーマン様は」

知ったかぶって得意げなコメントつける前に、日本人領事の名前が「ノーマン」であるはずがないことに気づけよ。

「儂等《わしら》はいちんちも早くあの方がお元気になられてヨ、うん、また皆の前に姿を見せてくださることを祈《いの》ってんのョー、うん。あんないいお人は滅多《めった》にいねえしネー、うん。本国がおっ始めようって戦にもサ、ノーマン様ならこの国の若いもん、儂等の子ぉや孫だけでも、出兵させずに済ませてくれやしねーかテ期待してんのヨナ、はあ」

「ああ！　じゃあもし僕等がお会いできたら、ビザ書いてくれるようにって頼んでみますよ」

「……おーい、ムラケンくーん……」

中途半端《ちゅうとはんぱ》に歴史の知識があるせいで、誤解はどんどん深まってしまう。おれ内蔵の人名辞典には、シンドラーが登録されていないので、話題についていくのに時間もかかる。待てよ、ビザは杉浦千畝《すぎうらちうね》か。

しかし人権派だというのが本当なら、何らかの助けを得られるかもしれない。髪と目と身分さえばれなければ、旅券くらいは発給してもらえないだろうか。

「あのー、胸白髪さん、ちょっと質問が。ノーマン様は人種差別とかする人かどう……」

「おいみんな聞けヤ！　大変だヤ！」

叫《さけ》びながら駆《か》け込んできた中年男は、頭こそ海賊《かいぞく》風に頬被《ほおかむ》りだが、首から下は海の正装・セーラー服姿だ。久々に裸《はだか》でない男を見られた。

「大変だヤ、うん。オイのダチが仕入れた話じゃアヨ、シマロン本国からこの土地に向けてヨ、うん、使いが出されたってことなんサー、うん」

荷客達も店のおかみも、良くない報せに色めいた。口々に宗主国への不満を並べ、並べては慌《あわ》てて周囲を窺《うかが》った。

「どうするヨー、いよいよ本当に開戦なんかネ、はあ」

「なんであんな奴等《やつら》のためにサ、儂等んとこの若いのが死ななきゃならんかネ、おう」

「ノーマン様がどうにかしてくれヤせんかいノ、うん」

村田が昼食の残りを掻《か》っ込み、近視の両眼を眇《すが》めて真顔になった。

「早めに行動したほうがよさそうだ。巻き込まれたら面倒《めんどう》だよ」

「ああ」

お前が想像しているほど、事態は単純明快じゃない。どんなに急いで動こうとも、既《すで》に二人とも巻き込まれている。

なにしろ連中全員の仮想敵国は、他ならぬおれの国なのだから。

さっきの女将《おかみ》が足音もなく脇に立ち、カップに飲み物のお代わりを注いだ。横からおれを覗《のぞ》きこむと、あんまり深刻な顔しないでとやや吊り気味のブルーの目を細めて笑った。

「こういうときこそヤギ乳よ。飲むと背が伸びるだけじゃなくて、短気や臆病《おくびょう》も治るわよ？」

今欲しいのは、まさにそういうドリンク剤《ざい》かもしれない。

4

横たわる超絶《ちょうぜつ》美形を前にして、誰《だれ》もが沈黙《ちんもく》を守っていた。

頬《ほお》は蠟《ろう》のように白く、薔薇色《ばらいろ》の唇も血の気をなくしていた。瞼《まぶた》は長い睫毛《まつげ》に彩《いろど》られ、愁《うれ》いをたたえる瞳《ひとみ》を隠《かく》している。

胸の上で両手の指を組む姿は、眠《ねむ》れる美女そのものだ。フォンクライスト卿《きょう》ギュンターは立派に男だったが。

これほど美しく完璧《かんぺき》に近い亡骸《なきがら》は、世界中を探しても存在するまい。ただ一つ、重大な欠点を挙げるとすれば。

「残念ながら、死んでいないことです。これじゃ内部《なか》が見られやしない」

その場に居合わせた者全員が、なんということを！　と震《ふる》え上がった。さすがに眞魔国《しんまこく》三大悪夢、怖《こわ》がらせることに関しては右にでる者がいない。

フォンカーベルニコフ卿アニシナ嬢《じょう》は、腰《こし》に手を当てて偉そうに言った。

「まあこれで毒素の進行は止められるでしょう。本人が作り出した仮死状態では些《いささ》か心許《こころもと》ないですからね。わたくしの腕《うで》と知識にかかれば、この程度のことは実験前《あさめしまえ》です」

一に実験、二に実験、三、四が不明で五に実験、のマッドマジカリスト・アニシナだからこそ、他国の毒にも対処できるのだ。ギュンターは氷の棺《ひつぎ》に横たえられ、粉雪で周囲を固められている。魚の鮮度《せんど》を保ったため、市場で目にする光景だ。

「どうです、芸術的でしょう？　雪ギュンター」

「ゆ、雪ギュンター……」

陛下が浮気《うわき》でもしようものなら、地の果てまでも追い縋《すが》り、冷たい息を吹《ふ》きかけつつ号泣《ごうきゆう》しそうだ。

「だが、全裸《ぜんら》にする必要はあったのか？」

「単に絵面《えづら》の問題です。服を着たまま眠っているよりも、剝《む》き出しのほうが標本らしく感じるので。ご覧のとおり、わたくしは形式を重んじますからね」

「標本……」

「何を些末《さまつ》なことにこだわっているのですか。あなたがたの恥《は》じらいの元はほら、こうして」

アニシナは雪を盛った部分を指差した。天辺《てつぺん》に無花果《いちじく》の葉でも載《の》せたそうな口振《くちぶ》りだ。

「隠してあげているでしょうに。グウェンダル、何をしているのです？」

フォンヴォルテール卿は無意識に雪ウサギを作り、ギュンターの股間《こかん》に置いてやろうと手を伸《の》ばしていた。友情というよりも、騎士《きし》の情けだ。

服こそきちんと整ってはいるが、燃える赤毛は解かれたままで、肩《かた》や背中に優雅《ゆうが》に流れている。淑女《しゆくじょ》とは言い難《がた》い足取りも、本日は少々おとなしめだ。それもそのはず、実験明けの爆睡《ばくすい》中に叩《たた》き起こされ、大至急これをどうにかしろと仮死男を押しつけられたのだ。それから丸一日不眠《ふみん》不休で作業を続け、やっと現状に辿《たど》り着いたというところだ。

その間に施《ほどこ》した処置は以下のとおり。総合解毒《げどく》剤の使用（無効）、胃洗浄《いせんじょう》（大惨事《だいさんじ》）、虫下し（効果不明）。どれが連鎖《れんさ》して進行が止まったのかは定かでないが、胃の内容物からは色々と興味深い事実が判明した。

フォンクライスト卿の昨日の夕食は海老《えび》料理。硬《かた》い尻尾《しっぽ》まで食べたらしい。人目のないところでは、案外、ものぐさなようだ。

その甲斐《かい》あって、使われた毒のおおよその種類と、解毒法の見当はようやくついた。らしくなく疲労《ひろう》の色の濃《こ》いアニシナだが、知性をたたえた水色の瞳は、好奇心《こうきしん》と使命感で輝《かがや》いている。こういうときの彼女はぞっとするほど美しいが、腰抜《こしぬ》けな男達は誰一人として近づこうとしない。

「恐《おそ》らくこれはウィンコットの毒でしょう」

「ウィンコットの毒？」

反射的に聞き返してしまい、グウェンダルはきまり悪そうに咳払《せきばら》いをした。だが、もとより幼馴染《おさななじ》みが物知りだなどと思ったこともないアニシナには、わざわざ取り繕《つくろ》う必要などどこにもなかった。

「今更《いまさら》あなたの浅学を改めさせるつもりもありませんが、それなりの地位に就く者の覚悟《かくご》として、『毒殺便覧《どくさつびんらん》』くらいは読んでおくものです。さすればいついかなる場合に命を狙《ねら》われても、毒によって乱され自分を失うことも避《さ》けられましょう」

「毒殺便覧とやらまで読んでいるのか？」

「当然です！　古今東西の毒と症状《しょうじょう》、殺害された人物や状況《じょうきょう》などが事細かに記録されているのですよ。読み物としても非常に楽しめます」

卓上《たくじょう》に置かれた分厚い紫《むらさき》の書物を、アニシナは愛《いと》おしそうに指で辿った。

「寝《ね》る前に少しだけ読もうとして、気付いたら朝ということも何度もありました」

普通《ふつう》の神経の持ち主なら、ここは怖くて眠れなくもなるところだろう。

「ウィンコットの毒は第二百五十七項《こう》……ありました。過去には魔族《まぞく》ばかりか人間の王族にまで使われています。有名どころではゴドレンの悪妃《あくひ》、キシリスの海藻《かいそう》王。しかし基本的に精製の難しい薬剤《やくざい》なので、三百年程《ほど》前からは発祥地《はっしょうち》以外では所蔵されていないとか」

「我が国のフォンウィンコット卿とは関係があるのか？」

「ありますとも」

「まさか」

フォンヴォルテール卿の不機嫌《ふきげん》そうな青い瞳に、冷徹《れいてつ》無比な一面がちらりと覗《のぞ》いた。

「ウィンコット家が、刺客《しかく》を」

「いいえ。ひとの話はよくお聞きなさい。発祥地以外には所蔵されていないのです。この地に流れてきてからのウィンコット家は、謀殺《ぼうさつ》などとは無縁《むえん》の暮らしを送ってきました。彼《か》の地では国にも民《たみ》にも裏切られ、土地も財も全《すべ》て奪《うば》われたというのに。恩知らずな人間達を恨《うら》むこともなくね」

「……我々は皆《みな》、同じようなものだ」

「ええ、そうでしょうとも」

アニシナは分厚い便覧を片手で軽々と摑《つか》み、棺の端《はし》に腰を載せる。組んだ両脚《りょうあし》が微《かす》かに揺《ゆ》れているのは、何かに苛《いら》ついているせいだろうか。

「だから、わたくしは一つでも多く取り戻《もど》したいのです。我々が魔族と呼ばれる以前から、この手に持っていたあらゆる力を」

頰にかかりそうな髪《かみ》を勢いよく払《はら》う。

「置き忘れてきた智恵《ちえ》や技術をね……。ウィンコット発祥の地は今やシマロン領です。つまり、あの国が仕掛《しか》けてきたと考えるのが妥当《だとう》でしょう」

「確かに。まず間違《まちが》いないだろうな」

「治療《ちりょう》のことはわたくしに任せて」

アニシナは幼馴染みの胸を突《つ》き、よろめく様子に微笑《ほほえ》んだ。

「グウェン、あなたはヴォルフラムを説得なさい。あの様子では単独でシマロンに乗り込みかねない。陛下のこととなると頭に血が上りますからね、あの子は」

「お前も少し休……」

「絶好の検体を前にしてですか⁉　これだからあなたの脳味噌《のうみそ》活動は向上しないのですよ。せっかく知的好奇心を満たす機会を得たというのに、睡眠《すいみん》ごときで台無しにしろとは、愚《おろ》かなことを！」


午後いっぱいは、何も考えずにただ荷を運んだ。

季節も土地も違うから、頭が朦朧《もうろう》とするほど暑くなったりはしないのだが、こうして無心に肉体を酷使《こくし》していると、自分はちゃんと真夏のグラウンドにいて、走り込みでもしているんじゃないかと錯覚《さっかく》してしまう。

それも十六歳の夏休みではなく、まだ中学三年の野球部時代の光景だ。おれは監督《かんとく》をぶん殴《なぐ》って首になったりしてなくて、中学野球最後のシーズンの情熱を、後輩《こうはい》達と分かち合ってる。県大会の準決勝で惜敗《せきはい》し、代打でしか使われなかったけど悔《くや》し泣きして、来年は頼《たの》むぞと二年の代表者の肩を叩くのだ。

でもその夏は、すべて夢。

実際のおれは夏休みよりも前に退部して、クーラーの中でダラダラと過ごした。

それから普通に受験して普通の高校に入り、野球部の練習には故意に背を向けて見ないようにしていた。未練がましくて惨《みじ》めっぽい。

あのとき、短気を起こさなければ、おれは今、高校球児でいたのだろうか。春先から暗くなるまで居残り練習をしていれば、公園からこの世界まで流されることもなかったのか。

そうすれば今頃《いまごろ》は、仲間を失う恐怖《きょうふ》と闘《たたか》うことも、異国で助けのない不安に苛《さいな》まれることもなかっただろうに。

「……しぶやっ」

「あ？　ん、ああ何」

「列に並ぼうっていってんの。でないといつまでたってもバイト代もらえないだろ」

気付けば周囲の温度は下がっていて、夕陽《ゆうひ》が波に反射して揺れていた。海がオレンジで空が薄《うす》い紫だった。

労働に見合うだけの賃金を受け取り、おれたちは閉まりかけた店で服を買った。日が暮れてから急激に冷えることも予想して、上着やシャツもそれぞれ手に入れた。

制服から解放された荷客達は、ある者は食材を手に家に帰り、ある者は先程の食堂へと吸い込まれていった。おそらく夜には酒場になり、おかみさんたちもそれなりの変身を遂《と》げるのだろう。

おれと村田は港を背にして、大雑把《おおざっぱ》な石畳《いしだたみ》の道を歩いた。

両脇《りょうわき》には色褪《いろあ》せた黄壁《おうへき》の家々が並ぶ。戸口前の石段には、痩《や》せた犬と子供が必ず座っていた。髪や目の色に多少の差こそあるが、どの子もそれなりに健康そうで、ほっとする。

「すみません、日本領事館ってどっちですか?」

村田は何度も住人に質問したが、誰《だれ》にも答えは教えられない。正解は、この国に日本の領事館はなく、この世界に日本という場所はない、だ。いつ、どういうタイミングで切り出そうかと、おれは暗い気持ちで様子を窺《うかが》っていた。

「こっちだってさ!」

どんな気休めを教えられたのか、友人が嬉々《きき》として分かれ道を指差す。

「もしかしてとは思ってたんだけどさ、どうもやっぱ日本領事館はないらしいや。そりゃそうだよな、地図でも見たことない小国だもん。在留邦人がいないのも頷《うなず》けるよ。だからこの際、アメリカでもイギリスでもドイツでもいいから、とにかく保護してもらおうぜ」

「保護かぁー」

「なによその浮《う》かない、諦《あきら》め顔は」

「なあ村田」

「んー?」

「もしそこでも全然話とか通じなくてさ、結局なんの解決にならなくてもヘコむなよ」

中二中三とクラスが一緒《いっしょ》の眼鏡くんは、呆《あき》れて鼻で溜息《ためいき》をついた。

「何言ってんだよ、ヘコみまくってんのはそっちだろ。別に親身になってもらえなくたって、日本関係者に連絡《れんらく》くらいはしてくれるさ。もし断られたら自分達でやればいいし、電話も貸さなかったらそれこそ国際問題だろ？」

「電話ないかも」

一〇〇%、ない。

「じゃあ電報打ってもらう。それもなければ手紙書いて送ってもらう。迎《むか》えが来るまで仕方がないから港で働く。夏休みが終わる頃《ころ》にはモデル体型のプチマッチョ。おまけに漂流記《ひょうりゅうき》出版で一躍《いちやく》スター、時の人。十代二十代の女の子人気、独り占《じ》め」

「独り占めかよ!?」

失笑《しっしょう》しつつ教えられた分かれ道を左に行くと、家も店も犬も子供も次第《しだい》になくなった。空はすっかり暗くなり、日暮れの暖かい海風も吹《ふ》いてこない。辺りは広がる草原と畑だけで、障害物は何もない。

半分欠けた月だけが街灯代わりで、轍《わだち》の残る一本道を照らしている。

「あ、ちらっと人工的な明かりが」

「ほんと？」

遠くで小さな灯《ひ》が無数に揺れている。

最初はビルの窓かと思ったが、近づくにつれて洋館の輪郭《りんかく》が見えてきた。館《やかた》と城の中間サイズの大きさだ。光が複数揺れていたのは、窓の他に門番や警備も松明《たいまつ》を掲《かか》げていたからだった。

現代日本から流れ流れて来た身には、百万ドルの夜景よりも心強い。

「遭難《そうなん》した先で見つけた洋館ってさ、だいたい昔、惨殺《ざんさつ》事件とかあった場所なんだよね。そんで主人公達が一晩だけって避難《ひなん》すると、必ず事件が再現されて……ま、それはサウンドノベルの定番だけどさ。実際には、そんなこと滅多《めった》に……」

冗談《じょうだん》とも本気ともつかない口調で、村田はズボンのポケットに手を突っ込もうとした。でもそこには余分な布は使われておらず、いつもの服と違うんだと改めて気付く。

「……ありゃしないけど」

「村田、お前『かまいたちの夜』やりこみすぎ」

「自分でもちょっとそう思った」

塀《へい》の外まで来てみると、館は予想外の広さだった。

家紋《かもん》を象《かたど》ったらしい門から玄関《げんかん》までは、全速力で三十秒はかかるだろう。つまり四百メートルトラック一周以上だ。

左右でデザインの異なる鉄格子《てつごうし》を、両手で掴んで呆然《ぼうぜん》としていたら、偉《えら》そうな門番に手首を握《にぎ》られた。

「おい」

「はい」

「領主様に何の用だ？」

「ここが領事館だって聞いたもんで」

兵士はおれから答えを聞きたい様子だったが、村田がすかさず低姿勢で答えてくれた。

「僕等は日本人なんですが、実は遭難、漂流しまして。流れ着いたのがギルビットの港だったんです。そこで母国に帰るために、領事のお力を借りられないかと……」

「領事だと？　なんだそれは。ここは小シマロン領カロリア自治区ギルビット領主ノーマン・ギルビット様のお屋敷《やしき》だぞ」

「えとそれは引きこもりの偉い人ですよね。でももっと普通《ふつう》の事務やってる職員さんでかまいませんので、とりあえず館内で話聞いてもらえませんかね」

「ノーマン様は誰ともお会いにならない。オマエらのような下々の者とは尚更《なおさら》だ」

松明の光で照らされた頬《ほお》は、まだ髭《ひげ》も生えそろっていない若い肌《はだ》だった。身長はおれたちよりやや高そうだが、昼間一緒に働いた筋肉老人達と比べると、頑強《がんきょう》さでは格段の差がある。

荷客達が嘆《なげ》いていた若者達は、こんなところでも兵役《へいえき》に就《つ》いているわけだ。

「領主様は誰ともお会いにならない。叩《たた》き出される前にとっとと街に戻《もど》れ！」

「だーかーらー、下《した》っ端《ぱ》職員でいいっつってんじゃん」

「村田っ」

真実を説明すべきときがきたようだ。おれは友人の腕《うで》を抱《かか》えて、門番の松明から逃《のが》れようとした。さて、どんな言葉から始めるか。オーソドックスかつ直球で真っ向勝負か？

「今まで言えなかったけど、実はここは異世界なんだッ！」

「……ドボルザークは新世界よりだね」

高尚《こうしょう》な駄洒落《だじゃれ》で返されても困る。

自らのボキャブラリーの少なさに、草の上で地団駄《じだんだ》を踏《ふ》んでしまう。ずっと一緒の青い石が、跳《は》ねるたびに軽く胸を叩く。宥《なだ》めてくれてるみたいだった。

「お？」

塀の内側を巡回《じゅんかい》していた警備兵が、おれの魔石《ませき》に目を留めた。まずい。やらねーぞという意味を込《こ》めて、隠《かく》すように握り締《し》める。門番よりも幾分《いくぶん》年上そうな警備兵は、おれたちに向かって手招きをする。

「二人ナ、うん、ちょっと来いヤー、うん」

方言で話しかけられると、こちらの緊張《きんちょう》も少し緩《ゆる》む。彼は鉄格子の間から手を突《つ》きだし、一言断ってから石を掌《てのひら》に載《の》せた。

「盗《と》ったりしネーからちょと見せてくれナ、うん。おまイさんこれをどこで手に入れたネ、あん？　この外側のナ銀細工ナ、うん、重要な紋《もん》にすっごい似てるンでナ、うん」

「これは……」

「これは彼の家の宝なんですよ！」

村田がいきなりデタラメを。

「ご先祖様から代々伝わる家宝でして、長男が必ず譲《ゆず》り受けることになってるんです」

だったらうちの兄貴が持ってただろうよ。だいたいこれはお守りがわりに貰《もら》っただけで、本来の持ち主はコンラッドの元恋人《こいびと》で、フォンウィンコット卿《きょう》スザナ・ジュリアというモテモテな女性の……。

「じゃアあんた、ウィンコット家の末裔《まつえい》かね、ああん!?」

こんな外国でジュリアさんの苗字《みょうじ》を耳にしようとは。末裔どころかフォンウィンコット家の当主とは、挨拶《あいさつ》を交《か》わしたくらいの記《き》憶《おく》しかない。確かジュリアの兄だという男で、下ばかり向いていたせいか顔はろくに見えなかった。もっともあのときのおれの身分は、壇上《だんじょう》の新前魔《しんまいま》王《おう》陛下だ。ほとんどの貴族が膝《ひざ》をつき、頭《こうべ》を垂れて畏《かしこ》まったのも頷ける。

警備兵は血相を変えて門を開き、おれと村田を敷地《しきち》内に引き入れた。

「大変だイ、ウィンコット家の末裔さまとはナ、うん。どど、どうか先のご無礼をお許しくださいですが、う……はい」

前に立って歩くのも畏《おそ》れ多いと思ったのか、一歩下がって腰《こし》を屈《かが》めてついてくる。さりげなく右手で進行方向を示す辺りは、旅館の仲居《なかい》さんみたいな動きだった。

「渋谷、そんな価値のあるものどこで手に入れたんだよ。帰ったら絶対に鑑定《かんてい》団だなっ。ナマ紳助《しんすけ》だよナマ紳助」

　小声で笑いかけながら、頻《しき》りに肩《かた》で小突《こづ》いてくる。そんなに島田《しまだ》紳助に会いたいか。

「言っておくけどな村田、領事じゃなくて領主様なんだから、帰国の役に立つとは限らないからな」

「そこんとこはちゃんと判《わか》ってるよ。でもさ、お前、ウィン……何だっけ、ウィン山さんち？　聞いた感じじゃ名門の旧家みたいじゃない？　せっかく勘違《かんちが》いしてくれてるんだし、このまま末裔で通しちゃえ！　接待ですげー豪遊《ごうゆう》させてくれるかもしれないぞ」

　逆のパターンもあるということを、日本人はなかなか想像しないものだ。

5

小シマロン領カロリア自治区ギルビット領主ノーマン・ギルビット様は、中年の執事《しつじ》を連れて姿を現した。

初めてお会いする人間の領主様は、あまりにインパクトが強すぎた。どれくらい強烈《きょうれつ》だったかというと、小柄《こがら》とか華奢《きゃしゃ》とか三つ編みですかという突っ込みポインツも、瞬間《しゅんかん》的に忘れてしまうほどだ。

彼は仮面の男ではなく、

「ノーマン……ていうか、マスクマン⁉」

確かに銀ピカ、確かに頭部全体を覆《おお》ってはいる。だが、柔《やわ》らか素材と後ろの革紐《かわひも》で構成されたそれは、仮面というより覆面《ふくめん》だ。

「は、はじまめしてマスクマン領主ドノ」

椅子《いす》から立って握手《あくしゅ》を求めたのだが、驚《おどろ》きのあまり声が裏返ってしまった。細くて冷たい指先は、労働に慣れていない滑《なめ》らかさだ。おれのほうはタコやマメで大変なことになっているので、ぎゅっと握るのが申し訳ない。

先方の外見が特殊《とくしゅ》だから、対戦相手みたいに感じてしまう。テーブルが正方形なのは不思議ではないが、角に座らされているのは何故《なぜ》だろう。どっちが赤コーナーでどっちが青コーナーなんだか。

口髭《くちひげ》の下から言葉を発する中年執事が、領主の後ろに立ったままで言った。

「仮面のことはお聞き及《およ》びでしょう。主《あるじ》は幼少のみぎりより、このお姿で生活しておられます。しかも三年前には不運な事故で、まともな声さえ失いまして……このような会談の席で、私ごときが発言することをお許しくださいませ」

「おれは別に……」

「いやそれは奇遇《きぐう》っ！」

いきなり言葉を遮《さえぎ》られ、ぎょっとして隣《となり》のイメチェンくんに顔を向ける。にせ金髪《きんぱつ》にせ碧眼《へきがん》の日本人は、嬉々《きき》として嘘《うそ》を並べ立てる。

「実はうちのクルーソー大佐《たいさ》も、風呂場《ふろば》で喉《のど》と目をやられましてねっ。いやはや風呂掃除《そうじ》も命がけ、まぜるな危険！　は厳守しませんとねぇ」

大佐!?　嘘《うそ》八百！

「ほう、お若く見えますのに大佐とは……」

「ええ、キャリア組の超《ちょう》エリートなので。けど、若いのに髪《かみ》だけはヤバイ感じでして。男性ホルモンはもんもんなんですけどねっ」

大成!?　嘘九百！

「ですから本日は銀行強盗《ごうとう》みたいですが、帽子《ぼうし》とグラサン着用のままで失礼します。やーなんかお似合いじゃないですかー？　マスクマン領主殿《どの》とうちの大佐」

嘘千%……お似合いって何だよ村田……。

とりあえず身分を偽《いつわ》ることは、会見直前に決めていた。ノーマン・ギルビットにお会いするに当たって、いくつかの問題が残されていたので。
一、黒目黒髪《くろかみ》を曝《さら》せないため、帽子とサングラスを外せない。
二、自らの地位は、魔王どころか魔族であることも、明かせない。
三、ウィンコットの末裔ではないことについて、先方の怒《いか》りをかわないように、うまい説明を考えなければならない。あるいはこのまま騙《だま》し通して、美味《おい》しい思いをするのもひとつの手か？
そもそも、魔族であるフォンウィンコット家が、この国で尊敬されているのは何故か。他では黒い髪を見られただけで、石まで投げられる始末なのに。

おれの苦労はどこへやら、マスクマン入場前の待ち時間に、村田はのんきに「プロジェクトX」ごっこまでしていた。

「伝染病から街を救ったとかさ、大昔に。トンネルを掘《ほ》るのに尽力《じんりょく》したとかじゃない？　ウィン山は思った。このままでは、だめだ。とか、ナレーションは田口トモロヲでどうよ」

どうもこうもない。

「あ、でもお前、偽名《ぎめい》使ってたよな。今度は本名言っていいのか？　名乗れない理由は聞かないし、僕も付き合ってロビンソンにしてもいいよ。こうなりゃ乗りかかった船だから」

「別にお前は普通《ふつう》でいいって」

「なんだよ水くさいなー、友達じゃん。友情友情。おまかせムラケンくーん、だよ。どうせ身分を偽るなら、現実と思いきり差があるのがいいな。そこらの野球好き高校生じゃ、名家の末裔にふさわしくないもんな。医者とかどうだ、青年医師、なりきれそう？　無理かー。じゃあもうシェフの気まぐれコースでど……」

「た、助けてムラケンくーん。お前もしかして楽しんでないか？　ていうかそんな明るい性格だったっけ!?」

村田は前髪《まえがみ》を掻《か》き上げながら、心底楽しそうにニヤついた。

「うーん、漂流《ひょうりゅう》は人を大胆《だいたん》にするみたいよ」

おれの心、彼知らずだ。

そんな会話をしていたときは晩餐《ばんさん》室も肌寒かったが、今は暖炉《だんろ》に火が入っている。夜には気温が急低下する土地なのか、部屋は暑すぎず快適だ。床《ゆか》はマーブル模様の冷たい石だが、壁《かべ》は金銀を多用した豪華《ごうか》な布張り。お椀《わん》の底みたいな天井《てんじょう》には、戯《たわむ》れる天使が描《えが》かれていた。

いかにも貴族のお住まいデス！　という感じ。規模的には比べものにならないが、こと内装に関しては、血盟城よりずっと金がかかっているだろう。

主役であるご当主が現れるまでは、メイドさんらしき女の子達が世話を焼いてくれた。お茶だお菓子《かし》だと運んだ上に、可愛《かわい》いコスチュームでおしぼりまで差し出されたときは、スタッフ教育完璧《かんぺき》なファミレスにいるのかと錯覚《さっかく》しそうになったくらいだ。

二人して、ほんやりしてしまう。

「かわいいねー、いいねえメイドさん」

「あー、あの腰の後ろがたまんないよな。エプロンの紐《ひも》、蝶結《ちょうむす》び。おれらの裸《はだか》エプロンとは雲《うん》泥《でい》の差」

「目の保養、目の保養。一人くらいお持ち帰りできないかな」

友人はおしぼりで首まで拭《ふ》きながら言った。

「……村田、お前ってほんとはオッサン？」

ただしそれもノーマン・ギルビットが登場するまで。マネージャーを連れて入場の銀ピカマスクマンには、一発でノックアウトされてしまった。

もうすぐ食事だと言われたが、旅の仲間であるデジアナGショックによると、二十四時間制では現在九時。こんな時間から晩飯ということは、ナイターはゲームセットまで観《み》る主義らしい。その点だけは、気が合いそう。

前菜とアペリティフが運ばれてきた。高脚杯に注がれたのは、案の定、二十歳《はたち》を過ぎてからの飲み物だ。おねーさん、水、水ください。金色の模様が美しい皿に載《の》せられているのは、薄《うす》くスライスされた星形の物体だ。

スターフルーツだろう、スターフルーツでしょ、スターフルーツだよねっ？

先割れスプーンでつついてみた村田が、感心したように呟《つぶや》いた。

「ヒトデだぁー」

「……珍味《ちんみ》だな」

涙声《なみだごえ》。

「不躾《ぶしつけ》ではございますが……」

自己紹介《しょうかい》と一頻《ひとしき》りの社交辞令が済んだ後に、ベイカーと名乗った中年執事はそう切りだした。

彼はベイカーというより「ヒゲ」だ。アゴヒゲアザラシを思わせる。

「クルーソー様はウィンコット家とは、どのような……」

「ああ、実は大佐の亡《な》くなられた母上が、ウィンコットの血を引く女性だったんですよ」

村田の脇腹《わきばら》を肘《ひじ》でつつき、声を潜《ひそ》めて抗議《こうぎ》する。

「おふくろ死んでねーよっ」

「いいから」

よくない。だが、当人の苦情をものともせず、補佐《ほさ》官ロビンソンは饒舌《じょうぜつ》だ。おれは心の中だけで、この物語はフィクションですと繰《く》り返した。実在する人物、団体等とは、何の関係もありません。

「彼女は大佐を産む直前に亡くなったし、大佐自身は別の場所で育ったので、直接会ったことはないんです。でもある日、生前の彼女を知る者が現れましてね、その男が、これは渋……クルーソー大佐のものだと」

待て村田、産む直前に亡くなったってどういう技術だ？　ヒゲは言い間違《まちが》いに気付かぬふりで、主人からの耳打ちを言葉にする。

「そのウィンコットの血を引く女性の……お名前は……」

「ジュリア」

「ぐひぇええっ!?」

テーブルの下で脛《すね》を蹴《け》られ、慌《あわ》てて両手で口を塞《ふさ》ぐ。そうでした、喉を痛めている設定でした。だけど、村田、今なんて言った!?　女の名前を伺て答えた!?

「うちの大佐ってばママンの名前を聞くだけで感極《かんきわ》まって、妙《みょう》な声が出ちゃうんです」

ヒゲは、お気になさらずと首を振《ふ》った。心なしか向けられる視線が同情的。

「で？　彼とウィンコット家の関係については、今お話ししたとおりですが。今度はそちら様の事情も教えてくださるんですよね」

領主ペアは長めの耳打ちを終えて、喋《しゃべ》り担当の中年執事《しつじ》が口を開く。

いつもより多く喋っておりますが、これでギャラはおんなじだ。

「私どもが申し上げることが、果たして故人のご意志かは判《わか》りかねますが……元々この地を治めていたのは、御母堂様の血筋であるウィンコット家なのです」

なにそれ。だってスザナ・ジュリアさんは魔族《まぞく》だし、眞魔国《しんま》の十貴族、しかも名前も古い名門だって話だったぞ。

「とはいっても、もう何千年も前の話になります。現カロリア……当時はもちろん違《ちが》う名称《めいしょう》で呼ばれておりました。この土地も民《たみ》も全《すべ》てウィンコット家の所有でした。彼等は世界を呑《の》みこもうとした古《いにしえ》の創主達をうち負かし、この世界を存続させた偉大《いだい》な種族の一員でしたから。しかしどういった変化があったのか、徐々《じょじょ》に民を虐《しいた》げるようになり、やがて狂気《きょうき》の支配を強《し》い始めたのです」

創主……どこかで耳にした単語だ。達をも打ち倒《たお》した力と叡智《えいち》と勇気をもって、と続くはず。何のことはない、うちの正式国名の一部である。

ヒゲ中年は主人であるノーマン・ギルビットに顔を向け、先を続けるかどうか目で訊《き》いた。銀のマスクが微《かす》かに頷《うなず》く。

「……民衆達は理不尽《りふじん》な圧政に立ち上がり、新たな時代とよき国主を求めて屈《くっ》することなく闘《たたか》いました。その結果としてカロリアは立国されたわけです。ご存知《ぞんじ》のとおり、かの家はその後、定住の地を求めて旅し、西の果てで魔族となられたわけですが……」

全然、まったく、ご存知じゃなかった。

魔族というのは生まれたときから魔族なのではなくて、旅先でひょっこりとなれるものなのか。キャッチフレーズは「そうだ、魔族しよ」、よく晴れて長閑《のどか》な午後は「魔族びより」。

「ですから、私どもカロリア国民とウィンコット家は、歴史的に深い因縁《いんねん》があるのです。ですが、過去のことは過去のこと。気の遠くなるような長い時間が、我々の軋轢《あつれき》を解消してくれたはず。カロリアは今こそ和解したいのです、先の世に遺恨《いこん》を遺《のこ》したくないのです」

誰《だれ》にも聞こえなさそうな声で、村田がぼそっと呟いた。

「……そんな歴史を信じる奴《やつ》が……」

青い仮面の向こうには、おれと同じ日本人の黒い瞳《ひとみ》がある。

「そんな馬鹿《ばか》げた歴史を信じる奴がいるとでも思うのか⁉」

おれのお友達は何をひとりギレしちゃってるの⁉　と一瞬《いっしゅん》だけびびる。しかし怒声の抗議は隣《となり》にいるムラケンのものではなく、今まさに蹴破《けやぶ》りそうな勢いでドアを開けて参入してきた新たな客の意見だった。

全員の視線が一斉《いっせい》にそちらへ注がれる。彼等は七人の団体だったが、よく見ると腰《こし》や腕《うで》に取り縋《すが》っている四、五人はこの館《やかた》の兵士で、残る二人が本命だった。もっとよく見ると、二人組の容姿には異なる点も多く……うわっ！

おれは大慌《おおあわ》てで戸口から顔を背《そむ》け、正面のノーマン・ギルビットに視線を戻《もど》す。別にマスクマンを見詰《みつ》めていたいわけではない。新客と顔を合わせたくないだけだ。

「ウィンコット家が圧政を敷《し》いたから民衆が蜂起《ほうき》しただと⁉ ふざけるな！ この世の脅威《きょうい》から救ってもらっておきながら、闘いが終わればお払《はら》い箱だ。利用するだけ利用してからに、いざ平穏《へいおん》が訪《おとず》れると、オレたちの魔力が恐《おそ》ろしくなったんだ。人間どもの考えることは皆《みな》同じ、自分と異なるものは排除《はいじょ》する……そんな汚《きたな》い手を使ってでもな。和解、遺恨？ 笑わせてくれるぜ！」

「申しわけありませんギルビット様！ お止めしようとはしたのですがっ」

兵士連中のぶら下がり具合は涙《なみだ》ぐましい。振り切って、というより引きずって来た二人組の力を褒《ほ》めるべきだ。そのうちの一人を目にした途端《とたん》に、おれのトラウマが発動する。

ブロンド、碧眼《へきがん》、男前。胸板《むないた》、でかい手、肩《かた》筋肉。鷲鼻《わしばな》、割れ顎《あご》、デンバーブロンコス。裏切り、宿敵、反魔族。ウェラー、フォンウィンコット、フォングランツ。

アー……ダルベルト。

名前も思い出したくない！ ダルベルトじゃないけど！

逃避《とうひ》するあまり二人組の怒鳴《どな》っていなかったほうに意識を集中してみた。両脇《りょうわき》を刈《か》りあげた上でのポニーテールという、非常に独特なヘアスタイルだった。濃茶《こいちゃ》のヒゲを丁寧《ていねい》に揃《そろ》えているせいで、色白な頰《ほお》と顎に模様ができている。もみあげから細く長く繫《つな》げる剃《そ》り方は、外人助っ人やレスラーにも最近多い。言ってみれば刈りあげポニーテール、かわいく略すと刈りポニ。どちらか冷静を保っていたからか、力強さや精悍《せいかん》さよりも、鋭利《えいり》な凶器《きょうき》という印象が強い。どちらかというと細い一重《ひとえ》の眼《め》は、無関心無感動を装《よそお》うことで他人に心を読ませない。

「マキシーン様、このような夜に……いったい何の……」

「そのままで」

腰を浮《う》かせるベイカー執事を手で制し、刈りポニことマキシーンはノーマン・ギルビットの正面まで歩を進める。つまりおれの席の真横だ。

前にいるギルビット組からは張りつめた空気、脇に来た刈りポニからは冷たい匂《にお》い、背後の元魔族からはくすぶった怒《いか》り、隣の相方からは意味不明な温《ぬく》もり。

村田の服の裾《すそ》を摑《つか》みたくなった。

「さて、ノーマン・ギルビット殿《どの》」

マキシーンは枯《か》れた渋い声をしてはいるが、四捨五入すればまだ三十で通るだろう。彼がごく普通《ふつう》の人間ならば。故意に抑《おさ》えてゆっくりと、威圧感《いあつかん》を与《あた》える話し方をする。

「我々、小シマロンは、先頃《さきごろ》不穏《ふおん》な噂《うわさ》を耳にした。根拠《こんきょ》さえ定《さだ》かでない風評だ、あまりに荒唐《こうとう》無稽《むけい》な話で、今のところは信じるに足りぬ。今のところはな」

「マキシーン様、主《あるじ》は迎賓《げいひん》の晩さ……」

「執事の意見ではなく」

彼が素早《すばや》く手を振ると、グラスが床《ゆか》で砕《くだ》け散った。おれの食前酒だ。

「……失礼、つい興奮してしまい」

つい、ではなく、絶対にわざとだ。詫《わ》びにも反応できなかった。悪いなんて思ってもいないだろうから、返事をしなくても礼には反するまい。

「ノーマン・ギルビット殿本人の言を求めて来たのだ。取り越《こ》し苦労であることを期待してはいるが、ことによっては本国に出向き、弁明していただくかもしれぬ。ギルビット殿、我等シマロンの意向に対し、異を唱えているのは本当か？　魔族との開戦を避《さ》けるために、画策したというのは、事実だろうか」

ギルビット領主がベイカーに耳打ちし、執事は椅子《いす》を鳴らして立ち上がった。

「そのようなことは……」

「どうも瞳が覗《のぞ》けないと、真実と虚言《きよげん》の区別がつけにくいな」

侮蔑《ぶべつ》を含んだ冷たい台詞《せりふ》に、ノーマンの肩が大きく震《ふる》えた。

「声を失ったのは知っているし、幼児期の病も気の毒だったと思う。だが、幸いこの場には痘《あば》痕《た》やび爛《らん》などを目にして、卒倒《そっとう》するご婦人も居《お》られない。無粋《ぶすい》な銀の仮面を外して、男同士語り合うわけにはいかぬものか」

「マキシーン様それは、あまりにもっ」

執事は狼狽《ろうばい》するし、マスクマンは緊張するし。この重苦しい空気を掻《か》き乱すためなら、もはや恥《はじ》も外聞もない。

いっそ、わーんおれ激しくチキンハートなのでマスク外されたらショックで気絶しますーと、女以上に大声で泣き喚《わめ》いてやろうか。

ただし一つだけ問題がある。マキシーン対ノーマン戦の裏番組で、背後の元魔族対渋谷ユーリ戦も進行中だという点だ。かつておれの脳味噌をいじった男、アメフトマッチョことフォングランツ・アーダルベルトに気付かれれば、あっという間に地面に転がることとなる。彼は魔族を憎《にく》んでいて、新前魔王《しんまいまおう》を殺そうとしたのだから。

「それとも、仮面を外せぬ本当の理由は、見た目の話ではないのかな？」

ふと見ると、すぐ右に置かれた男の指には、緊張《きんちょう》の欠片《かけら》もなかった。テーブルクロスに皺《しわ》を寄せるでもなく、力が入って白くなるわけでもない。

マキシーンという小シマロンの人間は、必要とあればどんなスイッチでも押すだろう。笑《え》みを浮かべたりもせず、無感動なままの茶色い瞳で。

この男は危険だ。

ある意味、アーダルベルト以上に。

「さあ、ノーマン殿。貴公の弁を聞こうではないか」

……雰囲気《ふんいき》を読まない駄洒落《だじゃれ》も、危険。

通じるかどうかは判らないが、合図のつもりで村田の指を摑んだ。ひょいと引っ込められてしまう。いやんじゃないだろ、いやん、じゃ。

リング上でマスクを外されて観衆に素顔を曝《さら》されるのは、マスクマンにとって最悪の屈辱《くつじょく》だ。

レスラー生命、終わったも同然。そんな可哀想《かわいそう》なことをするくらいなら、ここでおれが一発大恥かいてでも、マスクマン人生を救ってやる。

あの細くて冷たい指先が、革紐《かわひも》にかかったらゴーサインだ。

6

昨日までの彼は、フォンクライスト卿《きょう》ギュンターだった。

少なくとも、そう呼ばれてはいた。

「……で、とは……かろ……にさいごの、ちょ蔵分があるというのだな？」

「可能性はありますね。しかし千年以上前の薬が、今更《いまさら》正確に作用するとも考えがたい。よほど保存状態がよくなければ……いえ、それでも毒として使えるかどうか」

フォンクライスト卿ギュンターだった「もの」は、斜《なな》め上の角度から、知人らしき二人を見下ろしていた。あれは確か、フォンヴォルテール卿「完全無欠の冷徹無比」グウェンダルと、その幼馴《おさななじ》染みにして編み物の師匠《ししょう》、フォンカーベルニコフ卿「眞魔国三大魔女《まじょ》、眞魔国三大悪夢、赤い悪魔、歩く実験狂《きょう》、マッドマジカリスト、最終凶器悪女、赤の」アニシナだ。

どんどん増えてゆく肩書《かたが》きが、彼女の凄《すご》さを物語っている。

「となると、残された成分表を元に、新たに調合したのかもしれません。だとしたら敵ながらまことに天晴《あっぱ》れ、材料を揃えるだけでもかなりの労力です。なにしろ塩猿の金……」

「おいっ！」

「……といえば、ここ五百年間で一つも市場に出回っていません。なんです？」

この角度から見下ろすと、グウェンダルの慌《あわ》てようもよく判る。いつも冷たく不機嫌《ふきげん》そうな顔しかしない彼も、相手によってはこう変わるのですね。

「少しは恥《は》じらいというものをだな」

「恥じらい？　そんな何の実験にも使えないような感情、飼っておくだけ餌《えさ》の無駄《むだ》です。そう、恥じらいといえばギュンターの雪ウサギが溶《と》けかかっていました。わたくしは別に構いませんが、気恥《きは》ずかしいのは男のほうでしょう？」

それにしても私《わたくし》いつのまに、グウェンダルよりも身長が伸《の》びたのでしょうか。これで陛下トトでの総合順位も、彼を抜《ぬ》いて上位十傑《じゅっけつ》入りでしょうか。人知れずほくそ笑みながら、ギュンターだったものは部屋中に視線を巡《めぐ》らせた。私の雪ウサギがどうですって？　溶けかかっているなら作り直し……。

「あきゃーっ！」

彼は見てしまった。部屋の中央の氷の棺《ひつぎ》に、自分の遺体が横たわっているのを発見したのだ。股間《こかん》には形の崩《くず》れた雪ウサギが、恨《うら》めしげな目つきで載《の》っている。

「おや、気付いたようです」

「あきゃ、私、うううう一、死んだのですね？　儚《はかな》く散った命なのですね!?　ああでも、なんと美しい死に顔でしょうか……この晴れ姿、陛下にもお見せしたかった……」

「色々と複雑に倒錯《とうさく》している様子。恋《こい》はもうろくという言葉は、あなたのためにあるようなものです……グウェンダル、アレをとって」

フォンヴォルテール卿の剣《けん》ダコが身体《からだ》に当たり、高いところからひょいと降ろされた。魂《たましい》を素手で摑まれたのかと思い、ギュンターだったものは悲鳴混じりに抗議《こうぎ》する。

「グウェンダル、私に何の恨みがあって！　死んだばかりの脆《もろ》い魂を迂闊《うかつ》に触《さわ》れば、生まれなくなるじゃないですかーっ！　あっ、さては私が来世で陛下と結ばれる予定なのを妬《ねた》んで、今から阻止《そし》しようという魂胆《こんたん》ですねっ⁉　うきゃ、そんな粉末まみれの机に置かないでくださいよっ、くしゃみが止まらなくなるじゃ……へぶしっ！　へぶしっ、ぶしゅわっ」

「……黙《だま》らせることはできないのか」

「死ぬまで黙らないのでは」

「死んでも黙りまへぶしゅんっともっ！」

アニシナが形のいい眉《まゆ》を上げて、棚《たな》から粘着布を取りだした。細長く伸ばして裏紙をむき、ギュンターだったものの顔にべったりとくっつけた。

「貼《は》られたくなければ話を聞きなさい」

やっちゃってから言うな。

「残念ながらあなたはまだ死んでいません。ごく単純な幽体離脱《ゆうたいりだつ》です。肉体のほうも仮死状態とはいえ生命活動を維持《いじ》しているし、幽体もどこかに飛ばされないように確保しました」

「幽体を保存するのに適した器《うつわ》があったので、あなたは今、その器の中にいるのです」

「ふにゅわー?」

器といわれて彼が想像したものは、植木鉢《うえきばち》くらいの大きさの瓶《びん》で、液体漬《づ》けになった脳味噌《のうみそ》だった。……いやすぎる。たとえ可愛《かわい》らしい桃色《ももいろ》でも、瓶詰《びんづ》め脳味噌はイヤすぎる。

嗚呼《ああ》なんという不幸! 陛下も愛してくださった灰色の髪《かみ》、スミレ色の瞳《ひとみ》が、桃色の脳細胞《のうさいぼう》のみになってしまったとは。魔族の価値は容姿ではないとはいえ、あの照れ屋で奥手な陛下が「その紫水晶の瞳をいつまでも見詰《みつ》めていたい」とまで仰《おっしゃ》って、お気に入りのご様子だったのに(『秋には揺《ゆ》れる想《おも》い日記』秋の第二月四日目より引用)。……脳内日記文学は、絶好調で進行中だ。

「酢漬《すづ》けになどしていませんよ。そんな、見るからに不味《まず》そうな」

傍《はた》で聞いていたグウェンダルは、不愉快《ふゆかい》そうな顔をした。教育係の酢漬けを想像してしまったのだろう。鬱陶《うっとう》しい誤解をさせないためにも、彼はギュンターだったものの入っている器の前に、姿見を突《つ》き付けた。

「これがお前だ」

「ひょ……」

磨《みが》かれた鏡に映ったのは、雪のように白い肌《はだ》と綻《ほころ》びかけた蕾《つぼみ》みたいな紅い唇《くちびる》、腰《こし》まで伸《の》びた

艶《つや》やかな髪、前で合わせる異国の着物姿の人形だった。

身長は二の腕《うで》と同じくらいで、その三分の一を顔が占《し》めている。切り揃《そろ》えられた前髪は、眉よりも上で見事な直線を描《えが》いている。髪も、弓形の眉も、三日月状に微笑《ほほえ》んだ目も、高貴で気高い漆黒《しっこく》だ。アニシナは粘着布を手荒《てあら》に剝《は》がしてやった。

「どうです？　おキクギュンター、魔王陛下の花嫁《はなよめ》版」

「魔王、陛下の花嫁、ですか？」

なんとも心ときめく熟語だ。

「そう。おキクギュンター。そしてあちらで眠《ねむ》ってるのが雪ギュンター。おキクギュンターは小さくて可愛い物好きのフォンヴォルテール卿も、陛下ととってもお似合いだと大絶賛」

「ほんとに？」

「……う」

人形の首が一八〇度回転して、笑った目をグウェンダルに向けた。途端に背筋が寒そうな動作をする。私が可愛らしすぎるのですね。

「大傑作《だいけっさく》！　生身の者には不可能な優雅《ゆうが》な動きも、色々と可能にしてあります。喋《しゃべ》ると口がカタカタ動くし、放《ほう》っておいてもどんどん髪が伸びます。両眼《りょうめ》から赤い殺人光線も出せるのですよ！」

優雅？

「更に、人型生物共通の永遠の夢、空中浮遊《ふゆう》も可能です」

「空が飛べるのですか⁉　それはすごい、ではさっそく」

おキクギュンターは満身の力を込《こ》めて作業台から飛び立った……ら、浮《う》いた。

人差し指くらいの高さの場所を、赤《あか》ん坊《ぼう》並みの速さで移動する。大蠅《おおばえ》が部屋中を旋回《せんかい》するような、気味の悪い稼働《かどう》音を発しつつ。なるほど確かに空中浮遊、空を飛ぶという水準ではない。

「ね、素晴《すば》らしいでしょう。今なら豪華《ごうか》収納箱もついて、お値段たったの９８金！」

「……一つ買うともう一つついてくるのではなかろうな」

「まったく、男は欲張りだこと」

ある意味で仲のいい二人を見ていると、ネタにされている身としては腹が立ってくる。

それでもギュンターは運がいい方だ。この毒に冒されたら、多くの場合は尊厳ある死を迎《むか》えることはできない。しかも遺体は荼毘《だび》に付し、分散させて埋葬《まいそう》するのが習わしだ。それほど恐《おそ》ろしい毒だということである。

「念のためにフォンウィンコット一族の方々には、一人残らず警護をつけましたが……それでも何処《どこ》に血を引く者がいるかは判《わか》りません。国を出て修業中の若者が迂闊《うかつ》に身分を明かせば、すぐさま利用されてしまう」

「ど、どういうことです？　私は十貴族に命を狙《ねら》われたのですか？　私が射られた矢に塗《ぬ》られていたのはあの……あの恐ろしいウィンコットの毒なのですか⁉　死後も相手の意のままに操《あやつ》られ、骨までしゃぶり尽《つ》くされる……⁉」

「そうなのですよ。あなたの肉体に出ている症状《しょうじょう》から判断するに、確定的です。矢尻《やじり》に塗られていたのは、ウィンコットの血を持つ者にだけいいように操られるという非常識な毒。過去、これに冒された者による愉快犯《ゆかいはん》で、どれだけ世間が盛り上が……迷惑《めいわく》したことか」

酒場でしこたま飲んでトイレに籠《こ》もり、内臓まで吐《は》きつつうずくまるゾンビとか。腹を減らした野良犬《のらいぬ》に狙われて、肉片ばらまきつつ逃《に》げ惑《まど》うゾンビとか。いずれも一族の中の不心得者が、他人を驚《おどろ》かすためだけに動かしていたのだ。

がくっと顎《あご》が外れる音がした。

「れ、れも何のために私を操ろうなろろ……それにしても陛下をお守りれきて本当に良かった。これれあの方に万一のころでもあったら……はっ⁉　陛下は⁉　陛下はどちらにいらっしゃるのれすかっ⁉」

よもやユーリ自身がウィンコットの末裔《まつえい》を騙《かた》ってしまっていることなど、おキクギュンターには知る由《よし》もない。

泥《どろ》の山を前にして、フォンビーレフェルト卿ヴォルフラムはただ、黙り込んでいた。

夜を徹《てつ》して捜索《そうさく》を続けた兵士達も、疲労《ひろう》で動きが鈍《にぶ》くなっている。

結局、教会の裏手からも崖《がけ》の土砂《どしゃ》からも、遺留品と思われる物は見つからなかった。最初にウェラー卿のものらしき左腕《ひだりうで》が発見されただけで、その後は一切《いっさい》、進展がない。

「……あの魔石くらいは」

雨で弛《ゆる》んだ地盤《じばん》のせいで崖崩《がけくず》れに巻き込まれたのなら、これだけ掘《ほ》れば遺体も出てくるはず。爆風《ばくふう》で吹《ふ》き飛ばされたのだとしても、青い魔石くらいは残りそうなものだ。次兄《じけい》にしたって、剣《けん》をはじめ襟章《えりしょう》や軍靴《ぐんか》など、断片的にでも焼け残る素材はいくらでもある。

これだけ徹底《てってい》的にさらっても、何一つ発見できないということは、それだけ生存の可能性が高いとも考えられる。

「おい！」

泥にまみれた兵士達が、のろのろと顔を上げる。

「補強が来たら交代する、それまで休め」

「ですが閣下……一刻も早く……」

「いや、雨も当分はなさそうだ。昼まで作業を中断したところで、今後に影響《えいきょう》はないだろう。モルガン、城から何事か伝令はあったか」

「いえ、先程《さきほど》ギュンター閣下の意識が戻《もど》られたと報《しら》されたきり、何も……なんでも雪ギュンターと、おキクギュンターとかいう話なのですが」

「……だ、脱皮《だっぴ》でもしたのか？」

だとしたら、新種誕生の歴史的瞬間《しゅんかん》だ。

「まあいい。ここを任せる。ぼくは城に戻って、情報を整理する」

「判りました。ですが、あの、閣下」

「なんだ？」

早くも馬に跨《また》がっているヴォルフラムに、兵士は心配の色を隠《かく》せない。

「どうかお独りではなく、護衛の者をお連れください。奴等《やつら》の残党がまだ近くにいるかもしれません」

「間抜《まぬ》け面《づら》を曝《さら》して、独りでうかうかと歩いていれば、ぼくを狙ってくると思うか？」

「その危険はあります」

「だったら尚更《なおさら》、単独で動く。どの国の差し金でどこを潰《つぶ》せばいいのか知るには、それが一番、手っ取り早い」

わがままプーとは思えぬ男前さに、駆《か》け去る後ろで歓声《かんせい》がおこった。

陛下トトでヴォルフラム閣下に乗った連中だ。

騎馬《きば》の行き来がいつもより多いとはいえ、血盟城はなんとか平穏《へいおん》を装《よそお》っていた。主《あるじ》が暗殺事件に巻き込まれ、今もって生死不明だなどとは、決して国民に知られてはならない。城下がすぐに街となっている直轄地《ちょっかつち》では、不穏《ふおん》な空気はすぐに民衆へと伝わりやすい。何事にも気を遣《つか》いすぎるということはないのだ。

焦《じ》れるほどゆっくり街中を抜《ぬ》けてから、城近くでヴォルフラムは速度を上げた。そのまま城門を通り過ぎ、端山の構える北へと回る。春を目前にした山道は、柔《やわ》らかい緑に彩《いろど》られかけていた。

中腹までは、首を下げる馬を宥《なだ》めつつ来たが、この先は徒歩でしか進めない。以前より多少は歩きやすくなった道を、フォンビーレフェルト卿は黙々《もくもく》と登っていった。

眞王廟《びょう》には昼夜を問わず火が焚《た》かれ、巫女《みこ》の許しがない限り男は入れない。高さが身長の六倍はありそうな入り口も、背筋を伸《の》ばした女性兵士が護《まも》っている。

「これは、フォンビーレフェルト卿《きょう》ヴォルフラム閣下！　本日はどのよう……閣下⁉」

「巫女に訊《き》くことがある。通るぞ」

「お待ち下さい閣下、どのような高位のお方であろうとも、眞王陛下とその巫女の招きなく眞王廟に立ち入ることは」

「緊急《きんきゅう》だ」

「閣下！」

制止を振《ふ》り切って侵入《しんにゅう》する。足早な靴音《くつおと》が高い天井《てんじょう》に響《ひび》き、黒く磨《みが》き上げられた床《ゆか》には彼の金髪《きんぱつ》が映って揺《ゆ》れた。きちんとした手順をふんで何回か来たことはあるが、一人きりで闊歩《かっぽ》するのは初めてだ。

広々とした通路では、侵入者を遠巻きに見守る女の子達が、衣で口元を隠して囁《ささや》き合っている。殆《ほとん》どがまだ半人前の巫女見習いで、髪《かみ》の長さも腰《こし》くらいまでと常識的だ。

「閣下！　ヴォルフラム閣下」

名前を呼ばれて振り返ると、青白い頬《ほお》を少しだけ上気させ、果物《くだもの》の鉢《はち》を両手で抱《かか》えた少女が追いついてきた。フォンクライスト卿ギュンターの養女《むすめ》で、国内でも指折りの優秀な女性医療兵だ。いつもと違《ちが》って髪をまとめて上げており、無粋《ぶすい》な軍服姿でもなかった。緑色の瞳《ひとみ》を困ったように曇《くも》らせて、子供の頃《ころ》からの知人をやんわりと窘《たしな》める。

「どうなさったの、殿方《とのがた》が許可なく一人で入られるのは禁じられているはずよ」

「急ぎなんだ。お前はどうした、ギーゼラ。その格好では非番だな」

「え、ええ、養父《ちち》が命拾いしたお礼もあるし、何より陛下とコンラッドの……いえ、コンラート閣下のご無事をお願いしようと思って」

「そうか。ああ、ギュンターは脱皮したそうだな、おめでとう」

「だ、脱皮？　は、してないと思うんですけど。でもありがとうございます。今は新しい姿に慣れようと復帰訓練中です」

「どんな姿に脱皮したんだ？　蝶《ちょう》か、カニか、爬虫類《はちゅうるい》か」

ギーゼラは養父の仮の姿を思い浮《う》かべ、もっと不気味だと結論を出した。

「人形類なんですけど……けど閣下、閣下は養父に偏見《へんけん》がございません？　普《ふ》通《つう》は脱皮なんて考えもしないじゃないですか」

「親子なのに看病しなくていいのか」

「アニシナ様に追い出されました。いい研究材料にされてるみたいです」

ご婦人が脇《わき》を歩いているというのに、ヴォルフラムは速度を緩《ゆる》めもしない。こういうところがいまいち恋愛《れんあい》対象にならない理由なのだ。ギーゼラのほうも女性扱《あつか》いを求めているわけではなかったから、結局二人して肩《かた》で風を切る軍人歩きだ。

眞王廟の奥に行くに従って、上位の巫女の姿が目立つようになった。通路脇や扉《とびら》の向こうには、がっくりとうなだれた幼女が何人もいる。本来なら嬌声《きょうせい》を上げて遊んでいる年代だ。それが皆《みな》、一様に打ちのめされているのは、他《ほか》では見られぬ異様な光景である。

「……陛下を見失ったことが、相当こたえているのね……ええそれはもちろん当然のことだけど……いつもの巫女達からは信じられないわ」

「あいつらはとにかく生意気だからな」

お前に言われたくはない。

最奥に通じる一歩手前で、またしても女性兵士に阻《はば》まれる。この先は最高位にして最高齢《さいこうれい》、眞王の御言葉をも聞き伝える巫女、ウルリーケの在所だ。

「言賜巫女様は誰《だれ》ともお会いになりません」

「緊急だと言っているだろうが！」

衛視《えいし》は表情も変えない。特に立派な体格でもないが、職業意識に後押しされているのか、フォンビーレフェルト卿相手に一歩も引こうとはしなかった。

「ユーリの移動に失敗したからって、部屋にこもってどうするんだ！　おい、言賜巫女サマっ、ここ開けろっ」

「ヴォルフラム……閣下、そんな乱暴な」

「金か？　献金《けんきん》がないと会えないのか⁉　だったらここに持ってきている。欲しいだけの金額を言ってみろ」

「閣下！　それは巫女様方に対する冒瀆《ぼうとく》ですよ！　ウルリーケ様、早くお返事下さらないと、このひと扉を壊《こわ》しそうでーす。一応、陛下の婚約者《こんやく》だから、怒《いか》り狂《くる》って今にも暴走しそうですよー」

「一応とはなんだ、一応とは⁉」

「しっ、いいから閣下はガンガン怒鳴《どな》ってください」

言われなくともそのつもりなので、ヴォルフラムは抑《おさ》えていた感情を大爆発《だいばくはつ》させた。その間の脅《おど》しの言葉の凄《すご》さときたら、聞いていた衛視までもが俯《うつむ》いてしまうほどだった。

「どーだ言賜巫女、これでもまだ責任取ろうという気にならないか⁉　だったら今すぐこの扉をぶち破ってやる！　けど眞王廟内でぼくに魔力を使わせて、どんなことになっても知らないからな！」

悪口雑言《あっこうぞうごん》が一段落すると、肩で息をするヴォルフラムを押しのけて、ギーゼラが優しい口調で呼びかけた。

「ウルリーケ様、わたしにお任せ下されば、ヴォルフラム閣下のお怒りはどうにかします。ですからここを開けて話をお聞かせ下さい。でないとこの暴走男、納得《なっとく》しません。言賜巫女様はわたしが責任持ってお守りしますから。彼には指一本、触《ふ》れさせませんから」

石の扉が細く開いた。間から銀の髪がちらりと覗《のぞ》く。ウルリーケだ。

「……ほんとうに？」

「ほんとうですとも」

ギーゼラはゆっくりとしゃがみ込んで、最高位の巫女と視線を同じにした。

「ウルリーケ様が、移動や転送に失敗するなんて、初めてのことですものね」

「失敗なぞしておりません！」

「そうでした。ええもちろん、巫女様が失敗したのではありませんとも。此度《このたび》のことは何者かが邪魔《じゃま》をしたせいですもの」

「……そう、何者かが、私たちの邪魔をしたのです。私たちは陛下をあちらの世界にお送りしようとしたのに、魔力とは相反する邪悪《じゃあく》な力で、横から攻撃《こうげき》を加えたのです」

少女が部屋の奥に戻《もど》ったので、ヴォルフラムとギーゼラは扉を押し開けた。輝《かがや》く銀の髪を磨き上げられた床まで垂らし、眞王の巫女は溜息《ためいき》をついて座り込んだ。こんなに打ちひしがれた姿のウルリーケは、めったなことでは見られない。

「私たちは今回、陛下をお呼びしてはいなかった」

「ぼくもそう聞いた」

「なのに、何者かの手と術によって、陛下の魂《たましい》はこちらにいらしてしまうし。その上ご無事にお送りすることも叶《かな》わず、行方《ゆくえ》まで見失ってしまうなんて……言賜巫女としてはこの上もない屈辱《くつじょく》……こんな失態は生まれて八百年で初めてです」

いかな長命の魔族《まぞく》といえど、そこまで生きる者も珍《めずら》しい。樹齢《じゅれい》どころか地層と同じ人生観だ。生まれた頃に飼っていたカブトムシが、今頃は化石になっているのでは。

「肌《はだ》の張りのいい八百歳だな」

「でもウルリーケ様、陛下がこちらにいらしていることが、巫女様方にはどうしてお判《わか》りになるのです？」

ほんの僅《わず》かだが自信を取り戻し、少女は不遜《ふそん》に微笑《ほほえ》んだ。だがすぐに現状を思い出したのか、視線を床に落としてしまう。

「偉大《いだい》なる眞王陛下の御力《おちから》で、歴代魔王の魂の所在は判るのです。凡人《ぼんじん》に見せるものではありませんが……」

凡人という言葉にカチンときたが、今ここで言い争っても始まらない。ウルリーケは小さな歩幅《ほはば》で壁《かべ》に近づき、高い天井から垂れた柔《やわ》らかな幕をさっと引いた。

滑《なめ》らかな黒曜石の台座の上に、仄白《ほのじろ》い球体が浮かんでいる。卵の内側の膜《まく》のように、ぼんやりと曇って曖昧《あいまい》だ。両腕《りょううで》で抱えられる大きさだが、掻《か》き消えてしまいそうで触れられない。

「ほら、ここに金色の星があるでしょう」

球の中には本物の天体図みたいに、いくつかの星が瞬《またた》いていた。四つほどが比較《ひかく》的固まっていて、残りは離《はな》れたところに位置していた。巫女《みこ》の示した金の星は、他とは離れた場所で光っていたが、輝きはどれよりも強かった。

「これはあなたの母上でもあり、前魔王現上王陛下の、フォンシュピッツヴェーグ卿ツェツィーリエ様の魂です」

……すごく元気そう。

「退位されて間がないので、まだ魔王としての力が残っているのですね」

「それだけとは思えないけどな……」

次にウルリーケは、集まった四つのうち最も輝きが弱い薄黄色《うすきいろ》の点を指差した。

「そしてこのちらついている光は、先々……先代の王の力が消えかかっている証拠《しょうこ》です。この辺りはラドフォード地方ですね。ベルトラン陛下はもうすぐ魔王としての強大な力を全て失い、静かな隠居《いんきょ》生活を送られることでしょう」

「居場所まで判るのですか!?」

「国内ならね。残念ながら人間の土地に居られる場合は、私にも皆目《かいもく》。例えばツェリ様の金色の光は、この世界でお元気だということは確かですが、国を遠く離れているために、いらっしゃる場所は判りません。あの方はいつも精力的に動き回っていますから……あ」

金色のすぐ近くに新しい星が、一瞬《いっしゅん》だけ浮かんですぐに消えた。青く白く強い輝きだったが、他のものより横に長い。

「今のは?」

「……わかりません。非常に強く不安定で……しかも凶悪《きょうあく》。ムラがある……もしかして」

「ユーリだ!」

ヴォルフラムは、スヴェレラの収容所近くで感じとった、ユーリの魔力を思い出した。あれは凶悪で凄《すさ》まじく、波動に極端《きょくたん》なムラがあった。

とてもよく似ている。

「確かに陛下の光はいつも瞬《また》きが激しいのですが、これは少し異常です。あっ、また」

「異常だろうが正常だろうが、これはユーリだ。良かった生きて、生きてるんだな!?」

広げた右手で額を覆《おお》い、眉間《みけん》につんと染《し》みる痛みを抑えた。涙《なみだ》を堪《こら》えた。

「だがここは何処《どこ》だ? 場所は判るか」

「あなたの言葉を信じるとすれば、陛下はまだ、こちらの世界にいらしたのですね。ああでもそこは我々魔族の土地ではありませんので、どちらにいらっしゃるかは見当もつかない」

「なんだと貴様、八百年も生きてきてそれくらいのこともできないのか!?」

少女がぎゅっと唇《くちびる》を噛《か》んだ。

まずい。

「……は、八十歳ごときに言われたく、ないですねッ」

ウルリーケが泣きだすと悟《さと》ったギーゼラは、急遽《きゅうきょ》立場を変え、優等生的な発言に走った。

「閣下も大人げないですよ。こんな年端《としは》もいかない女の子に向かって」

「年端もいかないって、八百歳だぞ!?」

八十二歳の美少年が鼻白む。

「女の子はいくつになっても女の子なんです！　ね、ウルリーケ様？　まったくもう、これだから男というのは」

なんだかアニシナみたいだ。

凄腕《すごうで》医療兵に肩《かた》を抱《だ》かれ、涙ながらに頷《うなず》く最高齢《さいこうれい》の巫女を見つつ、ヴォルフラムはがっくりと肩を落とした。不覚。わがままプーとまで呼ばれたこのぼくが、急場しのぎの突貫《とっかん》タッグに破れようとは。

つまりはこういうことか。眞王の言賜巫女ウルリーケは、外見とは裏腹な長老としての心を持つ少女、ではなく、姿も心も純粋《じゅんすい》な女の子のままの老人である、と。なんだかうそ寒くなってしまう。

「もういい、とりあえず生きていることは判った。場所はどうにかして自分で探す。あ、また光った」

ツェツィーリエ前魔王現上王陛下のすぐ脇《わき》で、横に長い星が再び輝いた。幅《はば》が広いというよりは、帚星《ほうきぼし》のように尾《お》を引く感じだ。金の光と比べると、確かに不安定で点滅《てんめつ》も多い。

「母上のほうが魔力が安定して……待てよ、二つともこんなに近いんだから……」

「そうはいっても一緒《いっしょ》にいるわけではありませんよっ。そこでは近く見えたって、実際には何都市も離れているんですからねっ」

彼を敵とみなした眞王の巫女が、涙声《なみだごえ》で負《ま》け惜《お》しみを言った。だがもうヴォルフラムには、そんなことはどうでもいい。

「都市の一つ二つなら、離れていても構わない。だいたいの地域さえ特定できれば、その周辺を徹底捜索《てっていそうさく》すればいいんだ。この天体位置を信じるとすれば、ユーリは上王陛下の近くに存在することになる。狭《せま》い範囲《はんい》なら同じ国、広く考えても同じ大陸には居るだろう。そして現在、母上がいる場所は」

自由恋愛《れんあい》旅行中のツェリ様には、魔族も人間も関係ない。半年ほど前からお気に入りの一人に加えられた男は、確か大国の富豪《ふごう》だったはずだ。しかも超《ちょう》年下。

「シマロンだ！　貢《みつ》がせていた城や船が、シマロン籍《せき》になっていたからな」

「すると陛下も同じ地域にいる可能性が高い、と……手放しでは喜べない情報ですね」

ギーゼラの口調も重い。よりによって、と前置きのつく結論だ。

魔族と対立する人間の国の中で、シマロンは最大の勢力だ。本国は小シマロン、大シマロンの両者で構成されるが、彼等の国力はそれだけにとどまらない。ここ数十年の戦闘《せんとう》で、大陸中の殆《ほとん》どの国家を制圧し、驚異《きょうい》的な速さで領土拡大を進めてきた。今では周辺諸島にまで手を広げ、シマロン領は世界の四半を占《し》める。単純に物量中心で比較《ひかく》すれば、眞魔《しんま》国はシマロンの三割にも及《およ》ばないだろう。

しかも先頃《さきごろ》入った情報によれば、決して触《ふ》れてはならない「箱」を手に入れたらしい。それを兵器として扱《あつか》うことで、シマロンの戦力は格段に上がる。標的は当然、魔族だ。彼等は異種族を叩《たた》くことに疑問を持たない。ただし「箱」を使うことで、その後の世界がどうなるかは保障できないが。

「よりによってシマロンだなんて」

「だが、何も判らないよりはまだましか」

フォンビーレフェルト卿は踵《きびす》を返し、来たとき同様の靴音《くつおと》で道を戻《もど》った。ウルリーケを宥《なだ》めたギーゼラが、走って後を追ってくる。

「どうされるんです？」

「フォンヴォルテール卿に報告する」

「それから?」

「指示を仰《あお》ぐ」

「指示を」

「そうだ。ユーリがいない今、指揮を執《と》るのは兄上ということになるからな。お前の養父も脱《だっ》皮《ぴ》したばかりで心許《こころもと》ないし」

「脱皮は、してませんてば」

ギーゼラは話題をギュンターの病状へと移し、少しでも気分転換《てんかん》になるようにと、目から発する光線や空中浮遊《ふゆう》の話をした。だが三男は笑う気にもなれないのか、気のない返事をするばかりだ。

馬を繋《つな》いだ地点まで戻った頃《ころ》に、ようやく自分から口を開いた。

「ユーリを示した星は、気になるな」

「形が少々、細長かったですね」

「ああ。あの帚星《ほうきぼし》の尾……あまりにも他と違《ちが》いすぎる。光る範囲も大きいし」

「もしかしてお一人じゃないのでは。コンラート閣下がご一緒だとは考えられません?」

言ってしまってからギーゼラは口ごもる。

「その……ご遺体が見つからないと聞いたので。片腕をなくされても、同行されているのではないかしらと……責任感がお強いから」

「そうだったら安心なんだがな。別の意味では心配だけど。でも現実的に考えて、それはないだろう。ウェラー卿には魔力《まりょく》が全くないから、ユーリや母上のようには居場所をつかめない。あそこに星を浮《う》かべていた数人は、いずれも強大な力を持つ者ばかりだから」

「……そうですか……閣下はどうされてしまったのでしょうね」

吐息《といき》になりかけた呟《つぶや》きを聞いて、ヴォルフラムはなるほどと納得《なっとく》した。

彼女はウェラー卿にご執心《しゅうしん》なのだ。コンラートはやたらとご婦人に人気があるから、片想《かたおも》いの女性が近くにいても不思議ではない。彼のことが心配で、眞王廟《びょう》まで供物《くもつ》を抱《かか》えて来ていたのだろう。

美少年の恋愛洞察力《れんあいどうさつ》なんて、所詮《しょせん》その程度のお粗末《そまつ》さだ。

7

覆面《ふくめん》レスラーと対戦するときは、マスクを取って勝負しろと叫《さけ》ぶこと自体が野暮だ。おれが観客もしくは第三者だったら、段ボールの裏にスラングでも書いて掲《かか》げつつ、親指下げてブーイング。それでも強引《ごういん》に剝《は》ぎ取ろうとする卑怯者《ひきょうもの》には、全員で悲鳴の大合唱だ。やめてーっ！　ノーマン様のマスクをとらないでーっ！

まずはジャブから試《ため》そうとして、おれは腹を押さえて呻《うめ》いてみた。刈りあげポニーテールことマキシーンは、興味なさそうに一瞥《いちべつ》しただけだ。すぐ脇で客人が苦しんでいるのに、形式的な言葉もかけようとしない。血も涙もなさそうだ。坊主《ぼうず》憎《にく》けりゃ袈裟《けさ》まで憎い、ヒゲの剃《そ》り方まで憎く思えてきた。もみあげと繋げてんじゃねーぞ!?　でも心密《ひそ》かに男らしさに憧《あこが》れたりして。

「さあ、ノーマン・ギルビット殿《どの》、この場が男ばかりなのは幸いだ。仮面を取って本音をお聞かせ願おうか」

「マキシーン様がお聞きになりたいのは、主の顔や過去なのですか？」

中年男の据《す》わった根性《こんじょう》で、ベイカーが決死の抵抗《ていこう》をした。興奮で唇が震《ふる》えるのか、ヒゲまで細かく動いている。

ステップでも踏《ふ》むような足取りで、敵の立ち位置の近くまで来た。

「それとも我々カロリアの民が、本国に対して持っている意見ですかな。シマロン本国が開戦論に転じてゆくのを、我々がどう感じているか」

「どちらであろうと執事《しつじ》などからは聞くつもりはない！」

声が荒《あら》くなるのと同時に、マキシーンの左腕《ひだりうで》がヒットした。目にもとまらぬスピードだ。ヒゲ執事は数メートル先まで吹《ふ》っ飛ばされ、壁《かべ》に叩きつけられて動かなくなる。

「うわっベイカー！」

何故《なぜ》か悲鳴をあげたのは、上司である仮面の領主ではなかった。

「なんで村田が動揺《どうよう》すんのっ」

「ごめん、ついプロレス見てるような気になっちゃって」

小声で腹をつつき合う。そもそもマスクマン入場の時点で、白いマットのジャングルにいる気持ちだったのだ。

呻くベイカー執事にメイドさんが駆《か》け寄り、頭を抱えて膝《ひざ》に載《の》せる。脳震盪《のうしんとう》を起こしているのだろう。おれもデッドボール喰《く》らったときは、マネージャーが膝枕《ひざまくら》をしてくれた……男の。

「いいなー」

実に不謹慎《ふきんしん》な感想だ。

唯一《ゆいいつ》の味方であった執事を失っても、ノーマン・ギルビットに変化は見られない。ていうか覆面被《ふくめんかぶ》られちゃあ、誰《だれ》だって感情は読みとれないよ。

「よろしいかギルビット殿、本国から疑いをかけられているのに、声が耳障《みみざわ》りだとか言っている場合かね？　私なら仮面も馬鹿《ばか》げた自尊心も捨てて、今すぐ真実を告げてしまうがね！」

一方のマキシーンは徐々《じょじょ》に怒《いか》りのボルテージを上げている。あの無感動な目も揺《ゆ》らいでいるのかと、こっそり下から覗《のぞ》いてみたが、薄茶《うすちゃ》の瞳《ひとみ》は作り物めいたままだった。

刈りポニは動こうとしないノーマンに焦《じ》れたのか、さっきまで執事が立っていた場所に行き、相手の顎《あご》を摑《つか》んで持ち上げる。もはや宗主国からの使いと、自治区の領主の会談という雰囲気《ふんいき》ではない。

「小シマロンの領国でありながら、我々を差し置いて何をした？　大シマロンの王室と通じ、直接取引を持ちかけたのか、ええ？」

さっきまでおれの脇《わき》にあったマキシーンの手が、ノーマン・ギルビットの顎からマスクにかかった。

これはまた、なんということでしょう！　ミスター・刈りあげポニーテール・マキシーンがノーマン・マスクマンの覆面を剝がそうとしています。さあノーマン最悪のピンチ！　ここはロープに逃《のが》れるか!?

思わず実況調《じっきょう》になってしまうが、華奢《きゃしゃ》で大人しいギルビット相手に、小シマロンの使者は些《いささ》かやりすぎだ。おれ自身は本気で抗議《こうぎ》できるほどの大物ではないので、とりあえずひっそりと言ってみる。

「おい、やめろよ」

聞く耳持たず主義者だった。

あーっとノーマン、意識がもうろうとしている。ノーマン必死でタッチを求めてコーナーに手を伸《の》ばすが、そちらは味方陣営《じんえい》のコーナーではない。しかも相棒アゴヒゲアザラシ・ベイカーは、マキシーンの反則攻撃《こうげき》でダウンしたままだ！

「村《むら》……ロビンソンさーん、ノーマンのダメージは大きいようですね」

「そうですねクルーソーさん。ちょっと酸欠気味かもしれません」

おおっとぉ!? そのままでは脱《ぬ》げないと気付いたのか、マキシーンは後頭部の革紐《かわひも》を解き始めました！　ノーマンも細い指で押さえようとするが、頭を押さえつけられてうまく防げない様子。

今度はマキシーンのチョーク攻撃だ、ノーマンたまらず机をタップ！

「……なあ、こっちに助けはいないよ」

相変わらずノーマンは手を伸ばしているので、おれはアーダルベルトに聞こえないように、注意しながら教えてやった。

「あんたの味方はリングサイドで伸びてるよ。タッチしようにも選手がいない」

ベイカー執事と間違《まちが》えているのか、それとも単に苦しいだけかは判《わか》らない。だが細くて白い指先は、真っ直《す》ぐにおれの方へと向いていた。

この土地と縁深いウィンコットの末裔《まつえい》だなんて、おれたちの嘘《うそ》を真に受けて、ご丁寧《ていねい》におれと握手《あくしゅ》をした指だ。労働を知らない滑《なめ》らかさで、まるで女性みたいに冷たく綺麗《きれい》な指だった。

「……まったくもう」

「ああん何？　渋《しぶ》……クルーソー大佐《たいさ》？」

おれはサングラスのまま椅子《いす》を立ち、ノーマンの指を軽く握《にぎ》った。度重《たびかさ》なる事故や病気にもめげず、頑張《がんば》って領主やってる健気《けなげ》な青年。

声がろくに出せないので、悲鳴もあげられずに苦痛に耐《た》えている男。

「くそっ、わかったよ！　タッチすりゃいいんだろ⁉」

「なに言ってんの、クルーソー大佐⁉」

顔はなるべく前だけを向くようにして、おれはテーブルを回り込んだ。

声だけ聞いておれが誰か判るようなら、アーダルベルトもかなりやばい。ファン倶楽部《クラブ》会員でもあるまいし、この黒目黒髪も見ずに魔王《まおう》だなんて判るもんか。

「ちょっとアンタ、マキシーンさん。さっきから黙《だま》って見てたけど、アンタのやり方はちょっと乱暴だよ。ノーマンさんは事故も病気もあったんだからさ、喋《しゃべ》れだのマスク脱げだの要求がきつすぎない？」

作り物めいた瞳がおれを捉《とら》える。

「どなたかは知らぬが口出し無用。この男は宗主国である小シマロンを裏切り、他国を出し抜《ぬ》いて大シマロンと取引したのだ。背信行為《こうい》が事実ならば、自治権も何もかも取り上げねばならない」

渋《しぶ》く枯《か》れた声は猛獣《もうじゅう》が喉《のど》を鳴らしているかのようだ。

「けどそんな、無理やり白状させようとしたらさ、言おうとしてたことも言えなくなっちゃうかもよ？　とにかく首絞《し》めてる手を離《はな》しなよ。このままじゃ窒息《ちっそく》して死んじゃうよ」

おれから視線を外さずに、マキシーンはノーマン・ギルビットの首を放した。

「客人はいったいどこの何方《どなた》なのか。我々シマロンのやり方にけちをつけるとは。近隣《きんりん》の国々の者ではあるまい」

「お……おれはクルーソー大佐だよ。ちょっと出身地は遠くて言えないけどさ」

日本はこの世界に存在しないから。

数回、激しく咳《せ》き込んでから、マスクマンは極細《ごくぼそ》の声を発した。

「……そんなに……」

その場にいた誰もが小首を傾《かし》げ、音を集めるために耳に手を当ててるような、高くてか細い声だった。

「そんなに私の顔が見たいのですか」

「おやめください、ノーマン様っ」

贅沢《ぜいたく》な膝枕をしたままで、ヒゲの執事が懇願《こんがん》する。

「お顔を見せてどうするおつもりですか⁉　民《たみ》や土地はこの先どうなります⁉　あなた様にここで仮面を取られては、我等国民は行き場を失います！」

「……ベイカー……でも」

声がか細すぎるので、かえってみんなの視線が集中してしまう。

「私はもう……疲《つか》れました」

仮面の領主、ノーマン・ギルビットは、おれが握った冷たく滑らかな指で、首の後ろの革紐を解きだした。自分からマスクを脱ごうというのだ。

マスクマン人生に幕を引くのだろうか。

「ノーマン様」

「ノーマンさまぁ」

執事とメイドさんが見事にハモった。

二人とも今にも泣きだしそうだ。

「今が潮時かもしれません。これ以上はもう隠《かく》し通せそうにない」

銀色の覆面から頭部を抜く。

中に押し込められていたプラチナブロンドが、波をうって背中に広がった。もう何年も陽《ひ》に当たっていないせいか、抜けるように白い頬《ほお》と額。薄《うす》い緑の瞳は光に弱そうだ。自暴自棄《じき》気味の苦しい笑《え》み。

長いこと覆面をつけていたせいか、両目の下や耳の脇に赤いミミズ腫《ば》れがあった。だがその程度の傷では損《そこ》なわれないほど、彼女の美しさは本物だった。

彼女の……。

ん!?　彼女の美しさ……。

彼女!?

女!?　ということは仮面の領主ではなくて……領主夫人!?

「マスク・ド・領主夫人だったわけ!?」

カロリアの領地を治めていたのは、華奢で細い指の男ではなかったのだ。完璧《かんぺき》に美しく芯《しん》の強い、マスク・ド・貴婦人だったとは。

「……これはどういうことだ、ギルビット殿《どの》……いや、ノーマン・ギルビット」

彼女の美しさにたっぷり二十秒は見惚《みと》れていたのだが、マキシーンの押し殺したような言葉に、おれたちは我に返り震《ふる》え上がってしまう。

「ノーマン・ギルビットでさえなかったのだな。我々は誰《だれ》とも知れぬ女に領地を任せ、国民は誰とも知れぬ女に忠誠を誓《ちか》い、税を納めていたわけか！」

執事《しつじ》がよろめきつつ戻《もど》ってきて、マスクを握り締める女の拳《こぶし》に両手を重ねた。

「奥方様……」

「お前はいったい誰なんだ!? 本物のギルビット殿はどこへゆかれた!」

先程まではあんなに感動を表さない、感情を表に出さない男だったのに。今は白目も血走って、薄茶の瞳も怒りに燃えている。

マキシーンはテーブル上の皿を次々と落とし、テーブルクロスまで引っ張ろうとした。隠し芸としては最悪だ。彼のあまりの変貌《へんぼう》ぶりに、部屋の隅《すみ》で給仕さんが悲鳴をあげる。

「私はノーマン・ギルビットに会いに来たのだ。小シマロン王サラレギー様の命を受けて、ギルビットを問い詰《つ》めるためにここまで来たのだ。なのに当の本人は行方《ゆくえ》が判らず、いったいどこの馬の骨がなりすましていたかもわからない」

明らかに頬骨《ほおぼね》をへこまされた執事が、果敢《かかん》にもマキシーンの胸《むな》ぐらを摑《つか》んで揺《ゆ》さぶった。

「馬の骨とは失礼な! 奥方様は旦那《だんな》様がお元気だった頃《ころ》よりずっと、お側《そば》にお仕えされていたというのに!」

「ベイカー、いいのです。マキシーン様のお怒《いか》りももっともです。こうなった以上は何もかも包《つつ》み隠さずお話しして、シマロン本国に許しを請《こ》うしかありません……」

少しだけ声のボリュームが上がった。

おれも村田も小シマロンとやらの使者も、彼女をじっと見詰めている。

恐《おそ》らくおれだけが不真面目《ふまじめ》な視線で、年齢《ねんれい》やスリーサイズを想像していた。年齢は恐らくおれよりも少し上だろう。少なくとも見かけは二十歳かそこらだ。

「私……フリン・ギルビットが夫ノーマン・ギルビットと結婚《けっこん》したのは、六年前の春でした。夫は幼児期の病のために、仮面をつけたままの生活でした。けれどそれは構わなかった……あの人……ノーマンはとても優《やさ》しくて、領主としても人間としても尊敬できたから」

体《てい》のいいおのろけを聞かせる気だ。

「けれど三年前の馬車の事故で、ノーマンは命を失ってしまった」

「死んだ!?」

刈りポニ、執事、おれ、村田、アメフトマッチョまでもが同時突《つ》っ込み。

「なんだと!?　ではカロリア自治区ギルビット領は、もう三年も本人ではなく妻が治めていたということか」

「ああ旦那様、お気の毒に。しかしご安心下さい旦那様。このベイカーが奥方様にしっかりとお仕えし、ギルビット領をいつまでも守り立ててゆきますとも」

「こんな若い奥さん残して亡《な》くなるなんて、旦那さんも未練ありまくりだろうなあ。ひょっとして奥さんが心配で成仏《じょうぶつ》できずに、その辺で地縛《じばく》霊してたりして」

「で、なんで奥さんが一人でここを護《まも》ってるかっていうと、多分この国には江戸時代みたいに末期養子《まつごようし》の禁があるんだね」

「……この中にどっかで聞いた声が混ざってるような気がするんだが……」

フリン・ギルビットは耐えきれず、ぽろぽろと涙《なみだ》を落とし始めた。美人の落とす真珠《しんじゅ》の涙は特別に成分が違《ちが》う気がする。例えば愛や孤独《こどく》がいっぱい入っているとか。

「でも、そう泣いてはいられませんでした。大変なことに気付いたのです。私はノーマンとの間に、まだ子供を授《さず》かっていませんでした。だから彼が亡くなったとき、この家を継《つ》ぐ者がいなかったのです。主人と血の繋《つな》がった親戚《しんせき》から、養子を迎《むか》えることも考えました。けれどシマロンの法律では、主人の死後の養子縁組《えんぐみ》は禁止、無効です。この国の元々の不文律では血縁《けつえん》者であれば死後の縁組みも可能だったのですが」

「うーん」

全員が同時に難しい顔だ。

「いくら自治区とはいえこの地は小シマロンが制圧したのだ。シマロン法に従うのは当然のことだ」

マキシーンのもっともな言い分。

「なんと不憫《ふびん》な旦那様。ご自分の跡《あと》継ぎを一目見てから逝《ゆ》きたかったでしょうに。まあ旦那様、今のところこのベイカーも、奥方様のお子様の顔は見られておりません。ここは一つ、気長に待つことにいたしましょう」

「子供も居なくてずーっと新婚さんでラブラブだったんだろうなあ。俗《ぞく》に言う、うちには大きな子供がいるから、当分子供は持たないわってやつだな。ダンナが激しくマザコンの可能性もあるぞ」

「ほらね、末期養子の禁が出てきた。これは藩《はん》のお取り潰《つぶ》しには役にたつけど、そのうち段々と問題点が増えてくるんだよね。それで結局末期養子の禁は緩和《かんわ》されて、亡くなった後でも急いで縁組みができるようになるんだよ」

「どうもどこかで聞いた声なんだよなぁ、あいつ。しかし声だけで断定できるほど、自分の記《き》憶《おく》に自信はない。自慢《じまん》じゃないが、かなりない」

アーダルベルトだけが関係のないことで悩んでいる。

フリン・ギルビットは耐《た》えきれず、派手に鼻水を啜《すす》り始めた。

「もっと厄介《やっかい》なことに、シマロン法では女が家を継ぐことさえ許されません。そうなるとこの家と領土は国家に寄進され、シマロンの財産の一部になってしまう。それを防ぐにはどうしたらいいか……ない頭で一所懸命《いっしょけんめい》考えました。その結論がこれ」

フリンは白く細い指でマスクを摑み、銀色の本体が悲鳴をあげるまで引っ張った。

「幸いにもあの人はこれを残してくれた。幼い頃から誰にも素顔を曝《さら》したことがないのだから、声さえ隠せば私でもどうにかなるのでは？　そこで私はあの人の仮面を着けて、ノーマン・ギルビットになりきることにしたのです」

「あまーい」

お約束の全員同時突っ込みだが。そんな素人《しろうと》考えに、誰もが三年もしてやられていたのだ。

とにかくこれでマスク・ド・貴婦人登場の経緯《けいい》は判《わか》った。

「けれど苦労も多かったわ……仮面の中は蒸れるし汗《あせ》くさいし。夏場は汗疹《あせも》もできるしね」

しみじみと言うフリン。覆面人生も苦労が多そうだ。

「公然と法を破ってからに、苦労だ汗疹だ屁《へ》だと何を贅沢《ぜいたく》言っているか」

屁に苦労したとは誰も言っていない。

「おお奥方様、なんとなんとお気の毒な。汗にまみれた仮面など、このベイカーにはとてもまとえません」

「高校の体育で柔道《じゅうどう》か剣道選択《けんどうせんたく》なんだけど、やっぱそのマスクの内側って、体育館に置きっぱなしの柔道着と同じにおいがするのかなあ。もしそうだとしたら相当厳しいぞ」

「そんなのつけてよく食事の席にいられるなー。おれだったら食ったもん吐《は》いちゃうけど」

「……誰かそいつを一度、洗濯《せんたく》してやれや」

アーダルベルトが主婦的ツッコミ。


フリン・ギルビットの話は延々と続き、過去六年間の思い出話や子育て論（いないのに）などまで語られてしまった。美人が熱っぽく話す様子を見守るのも、それはそれでいいものなのだろう。だがおれたちはフリン・ギルビットを囲む会に出席しているわけではなく、どちらかというと彼女は現在、責められているのだ。

追及《ついきゅう》の手をうまく躱《かわ》したつもりでも、マキシーンの無感動な目は忘れていなかった。

「ノーマン・ギルビットの死に関しては議会にかけ、養子の問題も検討しよう。だがノーマン、いやフリン・ギルビット。シマロン本国の開戦論に異を唱え、独自に反戦運動を展開しているというのは本当か？」

これに対するフリン（元マスク・ド・貴婦人）の返答は「一切《いっさい》していない」というきっぱりとしたものだった。

これには少々落胆《らくたん》した。

子育て論までかますような女性なのだから、将来を見据《みす》えた生活設計をしているに違いない。戦争が始まってしまえばそれらは何もかも消え去り、残るのは絶望と廃墟《はいきょ》だけだ。

なのに反戦意識は全くなしか。

「では我々の元に届いた、ギルビットに関する情報はどう説明する？」

「情報というのは？」

マキシーンは勝手におれの椅子《いす》を奪《うば》い、長い両脚《りょうあし》を組んで座った。

「ウィンコットの毒だ」

またしてもこんな異国の地で、ジュリアさんの苗字《みょうじ》が話題にのぼる。

彼女の元彼《モトカレ》だったといわれるアーダルベルトは、名前を聞いて僅《わず》かに眉《まゆ》を上げた。

「ウィンコットの毒を使って、誰《だれ》かを、何かを操《あやつ》ろうとしているという情報が入った」

「ほう、誰をです？」

フリンはもう、先程《さきほど》までのか細い声の女性ではなく、何を言われても平然と言葉を返せる。

声の質こそ変わりはないが、ギルビットの女当主という自信が滲《し》みでてくるようになった。

「それはこちらが知りたいものだ。あの、ひどく厄介だと恐れられるウィンコットの毒は、使いどころを弁《わきま》えないと単なる薬。しかもウィンコット家が西に流れて、眞魔国に定住を決めた今、現物が保存されているのはこの家だけだという」

つまり。

使おうと思えばいつでも使える。

譲《ゆず》ろうと思えば誰にでも譲れる。

「この毒について我々が語るとき、常に話題の中心はこの館《やかた》なのだよ。ここから持ち出されはしないか、誰かに売られはしないかとね」

フリンは口元だけで笑い、小首を傾《かし》げるようにした。可愛《かわい》らしさと美しさがないまぜになって、視線が引きつけられてしまう。

「もちろん、地下貯蔵庫にはウィンコットの毒が保管してあります。そしてそれは正当な取引を持ちかけられれば、いつでも譲る気はあるわ。ナイジェル・ワイズ・マキシーン。もちろんあなたにでも」

男は模様を描《えが》くヒゲの中央で、酷薄《こくはく》そうな薄《うす》い唇《くちびる》を歪《ゆが》めた。

フリンにフルネームで呼ばれたのが、よほど気に入らなかったとみえる。

「では、最近誰に譲ったのかを教えてもらおうか」

「残念ながら……」

彼女の長い生《お》い立ち話の間に、頭部の打撲《だぼく》を治療《ちりょう》してきたベイカー執事が席に着いていた。膝枕《ひざまくら》をしてあげていたメイドさんも、皆《みな》にお茶を配ったりしている。

マスクをしていないフリン・ギルビットは、寧《むし》ろ手強《てごわ》い印象だ。おどおどしたところが感じられないし、威嚇《いかく》するときは遠慮《えんりょ》しない。この三年間もあの銀ピカの仮面の裏では、きっと同じ表情を浮《う》かべていたのだろう。

「教えられないわ」

「教えない、では済まされない。この土地はシマロン領だ。属国は宗主国であるシマロン本国に、問われたら報告する義務がある」

「だからこそ教えられないのよ」

謎《なぞ》かけでもしているような二人の会話に、残りの者達はついていけない。ただ村田だけは熱心に耳を傾《かたむ》けて、知っている地名を探しているようだ。

ここは地球ではないのだと、何度言えば理解してくれるのだろうか。

ナイジェル・ワイズ・マキシーン（これがフルネームだ）は、メイドさんを呼び止めた。淡《あわ》いブルーのエプロンをして、中身のたっぷり入ったティーポットを持っている。他の豪邸《ごうてい》の給仕と違《ちが》い、彼女は愛想《あいそ》良く微笑《ほほえ》んで、熱い紅茶を注《つ》ごうとした。

何をされたのか気付かないうちに、男は彼女を回転させ、自分の膝の上に座らせてしまう。銀の光が短い筋を描いたと思うと、次の瞬間《しゅんかん》には彼女は床《ゆか》に膝をつき、両手で首を押さえ、摑《つか》もうとした。手から離れたポットが床で砕《くだ》け、熱く赤い液体が飛び散った。

「……何し……っ」

「その娘《こ》を放しなさい！」

おれが駆《か》け寄ろうとするよりも先に、フリンが言葉でけん制をかけた。人質はピアノ線みたいなものを喉《のど》に巻かれ、両端《りょうはし》を男に持たれている。

それまで沈黙《ちんもく》を守っていたアーダルベルトが、相変わらず趣味《しゅみ》が悪《わり》ぃなと呆《あき》れ声で言った。徐々《じょじょ》に徐々に絞《し》められているのか、狂《くる》ったように首を掻《か》きむしり、どうにか糸に爪《つめ》をひっかけようとしている。段々のけぞってゆく彼女を見ると、うまくいっているとは思えない。

「聞こえなかったの⁉　その娘を放すのよ！」

「聞こえなかったか？　毒を譲った先を言え」

なんだこいつ、たかだか薬品の売買で、何の関《かか》わりもない女の子を殺す気なのか⁉　フリンもフリンだ、自分の可愛い使用人なんだから、相手の求めるものが判ってる以上、それをさっさと出してしまえよ。

非常識なにらみ合いが続く中、メイドさんが小さく詰《つ》まった咳《せき》をした。唇の端から泡《あわ》と一緒《いっしょ》に、ピンク色の液体が一筋流れ落ちる。

「血だよ！」

おれは大慌《おおあわ》てで走り寄り、彼女の身体《からだ》に手を伸《の》ばす。

「死んじゃうぜっ、早く放さないと！　ってっ！」

薄いブルーのエプロンに指が触《ふ》れた途端《とたん》、全身に微量《びりょう》な電気が走った。

「……何……それより早くっ」

おれも糸を摑んで千切ろうとするが、首の周りを何度探《さぐ》っても、彼女の呼吸を奪っているピアノ線が見つからない。

虚《うつ》ろになってゆく両眼《りょうめ》が、すがるようにおれの顔を見る。

やめてくれ！　おれだって助けたいんだよ、おれだって探してるんだよ、おれだってきみの首にどうにかして……。

「マキシーン！　早くこの糸外してやれ」

間に彼女の身体を挟《はさ》んで、座ったままの男の胸を摑む。彼は笑いもせず淡々《たんたん》と、フリンに頼《たの》め、とだけ言った。この館の主《あるじ》を振《ふ》り返っても、やはり口を開こうとはしない。解いたままのプラチナブロンドが、肩《かた》から胸へと輝《かがや》いている。

ふと顔を上げると、腕組《うでぐ》みしたまま壁《かべ》により掛《か》かるアーダルベルトと視線が合った。向こうは一瞬何か言いかけて、確認《かくにん》するように目を凝《こ》らす。唇が「お前か」と動きかけた。ばれたとか、殺されるとか、怖《こわ》いとかじゃなく、おれはグランツの大将に向かって、助けてくれとだけ叫《さけ》んでいた。

「助けてくれよ！　彼女を」

アーダルベルトは困惑《こんわく》したように、次の行動を三秒間迷った。その間に、メイドさんを虐《いじ》めるなーと叫びながら、村田がマキシーンにスリーパーを試みた。首と肩の一ひねりで弾《はじ》き飛ばされる。

「村田⁉」

床に転がる友人の動きが、やけにゆっくりと感じられる。口元を拭《ぬぐ》った手の甲《こう》に、鮮《あざ》やかな血が尾《お》を引いた。顔を上げる一コマ一コマのうち、途中《とちゅう》の一コマで村田のコンタクトが飛ぶ。細く眇《すが》めた片目が黒で、その黒の中央、針で突《つ》いたような一点に、感情を煽《あお》る何かが揺《ゆ》れた。

そこを見ちゃいけない、見ちゃいけないんだ。その一点を見つめたら……。


次の瞬間、おれの周囲は真っ白になった。

ドライアイスの真ん中に、一人きりで立たされている気分。

前回は女性の声が聞こえたのに、今日はもうあの人は何も教えてくれない。手を伸ばしても白い煙《けむり》に触れるばかりで、どこまでいっても先がない。

まるで白い闇《やみ》の中を、手探りで動いているみたいだ。

遠くから和太鼓《わだいこ》のバチを鳴らすような、威勢《いせい》のいい啖呵《たんか》が聞こえてくる。なんだあいつ、元気だなと呆れかえる。脱力《だつりょく》して頰《ほお》が弛《ゆる》んでしまう。おれはこんなにくたくたなのにさ。

誰が言ってんのか知らないけど、少しは気力を分けて欲しいよ。


「……人の皮を被《かぶ》りし獣《けもの》どもめ、狸《たぬき》は狸、狐《きつね》は狐で罵《ののし》り合えばいいものを。欲に任せて人里に下りるとは、己《おのれ》の分をも弁《わきま》えぬ愚行《ぐこう》。おそばんてあてもつかぬのに、健気《けなげ》に働く乙女《おとめ》の笑顔《えがお》。心癒《いや》されるえぷろん姿を血で染めようとは何事か！」

この状態に初めて立ち会う者は、言葉もないほど驚《おどろ》かされる。

フリンも、マキシーンもアーダルベルトも口を挟むことができない。ただただ前口上が終わるまで、立って待たなければならないのだ。

「命を奪《うば》う毒を弄《もてあそ》び、またその行方《ゆくえ》を知らんがためと、善なる者を傷つけるに咎《とが》めなく、悪なる者にへつらうに後《おく》れなし。これこのような性根《しょうね》の者共を野放しにしてよかろうか。いや、よかろうはずがない」

一人時間差反語。

呆気《あっけ》にとられるフリンとマキシーンを人差し指で交互《こうご》に指す。身体は斜《なな》めの角度で爪先《つまさき》を正面に。すっかり板に付いたモデル立ちだ。

「その心根、すでに人に非《あら》ず！　本来なら嗜好《しこう》するべき贅沢《ぜいたく》品を、切った張ったに使うは気も引けるが……悪を除菌《じょきん》し、ぽりふぇのれる（動詞）のなら、深く赤き一滴を撒《ま》くに吝《やぶさ》かでなし！　命を奪うことが本意ではないが……やむをえぬ、おぬしを斬《き》るッ！」

斬るとか言っておきながら、エモノが刀剣《とうけん》であったためしはない。

ふと見ると割れたポットから飛び散ったものや、おのおののカップに残っていた紅茶が、床にしたたり地を這《は》って集まってゆく。

「こ、これなにっ⁉」

フリンは無意識に脚《あし》を上げ、椅子《いす》の上で子供みたいに膝を抱《かか》えた。

マキシーンはこれまでの「成敗対象」の中で最も冷静に状況《じょうきょう》を判断していた。

これが初めて見る魔術《まじゅつ》というものだ。随分《ずいぶん》えげつない光景だが、法術師にだってこういう趣味の者はいる。

息も絶え絶えだったメイドさんをマキシーンから奪い、喉のトリックを解放してやった後、アーダルベルトの眼は人型になりつつある紅茶よりも、ユーリの胸で微《かす》かに光を放つ、青い魔石に引きつけられていた。

あれは確かにフォンウィンコット家の物だ。いやスザナ・ジュリアが生まれてからは、彼女がずっと身に着けていたはず。それが何故《なぜ》、あのガキの首にある? 彼女の魔石を誰《だれ》があいつに渡《わた》したんだ!?

大きな水たまりにまでなった紅い水は、一瞬静かな湖面となり皆《みな》を安心させた。だが次の息を継《つ》ぐ前に、人型を成して天井《てんじょう》まで伸び上がる。両手らしき四本の指で銃《じゅう》を作り、確かにフリンとマキシーンを狙《ねら》った。

「こ、紅茶鬼神……?」

一人だけユーリの背後にいた村田健は、驚くべきなのか笑うべきなのか迷っていた。

紅茶鬼神の指先からは、紅い弾丸《だんがん》が連発で標的を撃《う》つ。

「……と見せかけてチーズ星人?」

色は明らかにトマト星人だが、気のせいか効果音までちちちちちち、と。

狙われている本人達は恐怖《きょうふ》の表情だが、第三者の立場で見物するとけっこう愉快《ゆかい》だ。いやそれは室内だし、悪人も少数だし、魔王本人が無意識に気を遣《つか》って、規模も縮小しているからだろう。

「小規模成敗っ！」

飛び散る紅い液体、濡《ぬ》れそぼる標的。男は一滴一滴が刃《は》になり、腕《うで》も頬も細かい切り傷だらけなのに、女には雨粒《あまつぶ》の逆襲《ぎゃくしゅう》程度で、打ち身で済ませる親切さ。この辺が無駄《むだ》にフェミニストだ。悪に性差はないというのに。

「なんなの、なんなの、なんなの、なんなのっ⁉　これがウィンコットの末裔《まつえい》の力なのっ⁉」

慌《あわ》てるフリンをよそに、アーダルベルトは気を失ったままの給仕の前掛《まえか》けから、はみでていた買い物メモを引っ張り出す。

人間の領土の真ん中で、魔力を発動できるのは何故なのか。大小シマロンに挟まれた小国に、魔族に従う要素などありはしないのに……。

『石鹸《せっけん》、虫下し、紅茶（キカル産）』

なるほどキカルは眞魔《しんま》国の隣《となり》だ。この紅茶は魔族にも従うだろう。

一方、上様ユーリは足りないものに気付いたのか、きょろきょろと周囲を見回した。目的の物が発見できず、まあいいかという溜息《ためいき》で諦《あきら》める。

実のところ捜《さが》し物はきちんとあった。真っ白いテーブルクロスの中央に、正義と二文字の紅茶染めだ。

8

おれの中ではその間ずっと、ベサメムーチョが流れていた。

しかも、咽《むせ》ぶアルトサックスでムード満点。歌詞は一部しか解《わか》らないが。

「……うぅ……耳痛ぇ……吐《は》きそう……」

「耳に紅茶が入ったんだな、きっと」

もう何度目かの感触《かんしょく》なので、目を開ける前にこれは膝枕《ひざまくら》状態だと気付いた。でもヴォルフラムは一緒《いっしょ》じゃないし、村田はもう少し骨張って硬《かた》そう。この絶妙《ぜつみょう》な弾力《だんりょく》は。

「メイドさ……ぎょえっ!?」

おれは坂道での丸太のように転がって、「枕」からなるべく遠くへ離《はな》れた。服が紅茶でびしょ濡れになるが、安物なので気にしない。

「ど、どどどうしてアメフトマッチョが膝枕!?」

「せっかくの親切を……失礼な奴《やつ》だな」

おれの頭がなくなると、アーダルベルトは膝を伸《の》ばして立ち上がった。それにしても、うう、絶妙な男色、じゃなかった弾力。

起こったことを確かめて我が身の天災ぶりを受け入れなくてはならない。ホワイトおれがミュージックを楽しんでいる間に、ブラックおれは街を大破壊《だいはかい》しているのだ。どちらもやっぱり自分なので、否定するわけにもいかなかった。

「実は前回から……わりと覚えてるんだよねー……」

真っ白な闇の中から抜け出すと、もうすでに上様モードで啖呵《たんか》を切っている。

ああっ、そんなこと言っちゃってとか思っても、もうどうにも止まらない（リンダ）。

それまで密《ひそ》かに助けてくれていた、あの女性の声も聞かなくなった。もしかしてお試《ため》し期間が過ぎて、いよいよ本採用なのかもしれない。果たして魔王にもお試し期間があるのだろうか。

部屋の有様は惨憺《さんたん》たるものだったが、自由を奪われていたメイドさんは助かっていた。ヒゲ執事《しつじ》ベイカーの胸にすがり、声を上げて泣いている。そういう趣味か。

村田がのんびりと歩いてきて、テーブルクロスを差しだした。中央には薄茶《うすちゃ》で大きく「正義」の染《し》みが。

「ほい、完成品」

「ムラケン……」

ここまで大胆《だいたん》に異世界しちゃったものを、今更《いまさら》どうやって言い訳するか。それともこれをいい機会とみて、一気にここが地球ではないことを説明するか。

「あのな、村田」

「やーすっごいイリュージョンだったよなー！　こんな近くでサルティンバンコられたの初めてだからさ、あまりの迫力《はくりょく》にトイレ行きたくなっちゃったよ。にしても渋谷、お前いったいいつ、誰に弟子入りしてたわけ？　生涯《しょうがい》一捕手《ほしゅ》とか捕手は野球のすべてとか言っておきながら、実はマジシャン志望かよ」

「は？　あ。ああんーえーとマジックはー……趣味、趣味どまりかなー」

「とかいっちゃって。野球よりずっと、玄人《くろうと》はだしじゃん」

それもショックな言われようだ。

これだけ非現実的なことが立て続けに起こっているのに、マジックや異国文化で整理できる村田はすごい。再会当初はガリ勉くんでイヂメテくんだと思っていたのだが、最近では認識《にんしき》を改めつつある。

「かっこいいなー、マジックで女の子を助けちゃうイリュージョニスト。胸毛《むなげ》がない分カッパーフィールドより好印象」

「そりゃあまだおれが十代だからであって、二十代になったらバストヘアーくらいは生えてくるかもよ？」

と言いつつおれは三六〇度ぐるりと見回し、被害状況をこっそりと確認した。

フリン・ギルビットの晩餐《ばんさん》室は滅茶《めちゃ》苦茶《くちゃ》で、壁《かべ》も天井も窓枠《まどわく》も全部、濡れていた。部屋中が紅茶の匂《にお》いに包まれている。

何かボロ布が床《ゆか》を這っていると思ったら、切り刻まれたナイジェル・ワイズ・マキシーンだった。壁を伝ってようやく立ち上がり、血だらけの顔でおれを見下ろす。

「すげえ血……」

「来るな」

右手で制して壁に後頭部を擦《こす》りつけ、天に向かって目を閉じた。

「……致命傷《ちめいしょう》も骨折もない。見事なまでに細かい切り傷だけだ……いったいお前は何者なんだ？　アーダルベルトとは知り合いのようだが」

「髪《かみ》と目ぇ見りゃあ判《わか》んだろ」

元気そうなアメフトマッチョに指摘《してき》され、初めて帽子《ぼうし》が吹《ふ》っ飛んでいるのに気が付いた。

村田が部屋の隅《すみ》から拾ってきて、無理やりおれの頭に載《の》せる。

「野球小僧《こぞう》がキャップ忘れちゃだめだろうに」

「おれ捕手だからさ、メット被《かぶ》ってる時間のほうが長いのよ」

「……黒髪、黒瞳、か」

マキシーンは独白みたいに呟《つぶや》いて、それきり視線を逸《そ》らしてしまった。

やんなっちゃったらしかった。

「よう」

アーダルベルトはわざと親しげに片手を挙げた。

おれは黙《だま》って背中を向けたが、歩こうにも肩《かた》を摑《つか》まれて進めない。下半身だけがこの場から逃げようと同じ所で足踏み状態だ。

新前魔王《しんまい》を殺したがっていた男は、初対面の時と同じように、おれの慌《あわ》てぶりを面白《おもしろ》がっている。

「お前には訊《き》くことが山ほどあるぜ、クルーソー大佐《たいさ》とやら？」

何も知らない村田健が、無邪気な笑顔で割り込んできた。

「あれ、なんだ、渋谷知り合いだったのか。そうならそうと早めに教えてくれればいいのに」

「おれはあんたには近づきたくない。ギュンターにもコンラッドにもそう言われてるしっ」

「その二人はどうした？　それから三男坊《ぼう》は。なんで不慣れなお前さんが、もっともっと不慣れそうなお供ォ連れて、国からこんなに離れた地域を旅してんだ？」

自分の話題が出たので、愛想のよさそうな喋りで応《こた》えた。

「あ、ども初めまして。ロビンソンです。クルーソーとは中二、中三とクラスが一緒で」

「お前も魔族《まぞく》なのか」

「はい？　僕はどっちかというと魔族よりマザコンかなー」

「……村田……お前ってほんとは駄洒落《だじゃれ》帝王？」

それにつけても日本のブリーチ剤の優秀《ゆうしゅう》さよ。イメチェンくんは自力で染めたのに、元が黒毛だとはなかなか気取《けど》られない。けど村田、そいつとあまり親しくならないでくれ。奴は母国を裏切って、おれを殺そうとしてる反対勢力なんだから。

「あ、あ、あ、あんたこそどうしてそんな凶悪《きょうあく》そうな奴とツルんでんだっ⁉」

「凶悪？　こいつがか？　ははあ、こいつの場合は趣味が悪《わり》ィだけの気がするがな」

「趣味って何だよ、どのシュミだよ！　そうやってそっちだって真剣《しんけん》には答えないんだから、おれも本気で答える必要はないね」

村田はしばらくニコニコと両者を見較べていたが、やがて両方の肩を叩いて言った。

「なんだろ。世代を超《こ》えて楽しそうだね。歳《とし》も国籍《こくせき》も違《ちが》う二人が、異国でこうして再会するなんて、二人ともよほど強い縁《えん》があるんだよ。前世ではチームメイトとかだったのかもねっ」

「……む、むらた」

全セはどうだか知らないが、おれは全パにしか入る予定ないし。

アメフトマッチョはいきなりおれの首を摑み、襟元《えりもと》に指を突《つ》っ込んだ。こっちはまたしてもロングパスされるのではないかと、思わず小さく丸くなりかける。

けれどアーダルベルトが触《さわ》ったのは、彼の元婚約者《こんやく》の魔石だった。

銀の細工の縁取《ふちど》りに、空より濃《こ》くて強い青。ライオンズブルーのお守りは、掌《てのひら》の熱で僅《わず》かに色を変える。彼自身のトルキッシュブルーの瞳にも、同じ色が含《ふく》まれているに違《ちが》いない。

「……もうお前の色になっているな……」

「おれの？　貰《もら》ったときから同じ色だったはずだけど」

そっと指を離された石は、おれの胸にことりと還《かえ》ってきた。

「……以前はもう少し、白が勝っていた。貰ったといったな、これを、どこで誰《だれ》から手に入れたんだ?」

彼等の関係を考えると、果たして本当のことを言ってもいいものかどうか、一瞬《いっしゅん》だけ迷いがあった。でも、嘘《うそ》をつかなければならない理由も確定しないので、正直に事実を教えてやる。

「こっちに来るようになってすぐに、お守りがわりだって……コンラッドがくれた」

「……なるほど」

「あっ、だからってコンラッドに八つ当たりすんなよ!? あっちも今……すげえ大変なことに、なってるんだから……」

ストレスと疲労《ひろう》で再び吐《は》きそうになりながらも、おれは自分の中の絶望感を必死になって否定した。大丈夫《だいじょうぶ》だ。死んでない、生きてるって、絶対に!

「ウェラー卿《きょう》がどうかしたのか」

「別に。どうも」

不自然な返事で八割方は悟《さと》られたろう。しかしアーダルベルトはそれ以上追及せずに、最後に一つ、と訊いてきた。

「お前がウィンコットの末裔《まつえい》で、スザナ・ジュリアの息子《むすこ》だというのは本当か?」

「いや」

本当なわけがないでしょう。

「そりゃロビンソンのでっち上げたデタラメだよ。まさか信じる人がいるなんて思いもしなかった。特にあんたは、ジュリアさん本人と知り合いだったんだろ？　だったらおれと似てるかくらい、すぐに判りそうなもんじゃねえ？」

「そうだな……そうだろうな」

言い聞かせるように繰《く》り返す。おまけにおれの顔をまじまじと眺《なが》め、二回くらい頷《うなず》いてからやっと納得《なっとく》した。

「それが気にかかってお前さんを殺せずにいたんだ」

「なに⁉　じゃあ今後は心おきなくってことか⁉」

「まあそうだな」

外の廊下《ろうか》が騒《さわ》がしくなった。開きっぱなしの扉《とびら》の向こうから、団体さんの靴音《くつおと》が近づいてくる。フリン・ギルビットが若い兵士達を連れてきたのだろう。

「しかし今日のところは時間がなさそうだ。良かったな、へなちょこ陛下、命拾いだ」

おれをそう呼ぶのはあんたじゃないだろ。急に涙腺《るいせん》が弛《ゆる》みそうになる。

おれは慌てて、いっぱいに広げた掌で、口と鼻と左目を覆《おお》った。何が原因でそんな衝動《しょうどう》がきたのかは、自分自身でも判らない。

グランツは連れをバルコニーに押しだし、自分も窓枠に足をかけた。

「違うな……ここの兵士じゃない。あの軍靴《ぐんか》は大シマロンの連中だ。おいマキシーン、ぼーっとしてんじゃねえぞ。早く降りろって……おっと」

手を貸すというより乱暴に抱《かか》え上げたために、ナイジェル・ワイズ・マキシーンは、尾《お》を引く悲鳴を残して落ちていった。

「急ぎすぎだぜナイジェル」

「あんたのせいじゃん……。ここ何階だろ。大丈夫なんだろうか」

「いや、あいつ絶対に死なないから」

怖《こわ》い自信を覗《のぞ》かせる。

アーダルベルトがバルコニーの鉄柵《てっさく》を乗り越え、向こう側にぶら下がろうとした時だった。

「渋谷っ！」

半歩後ろにいた村田が、悲鳴みたいにおれを呼んだ。

「あいつら銃《じゅう》を持ってる！」

「銃!? この世界にそんな……」

開け放った扉から、十数人が駆《か》け込んでくる。

そのうちの数人は小脇《こわき》に何か……。

「銃だろ!?」

一気に血が下がって、立ち眩《くら》みに襲《おそ》われた。あのときの恐《おそ》ろしい光景が、否定しても否定しても蘇《よみがえ》ってくる。

通販《つうはん》番組でよく見かける、超《ちょう》強力小型掃除機《そうじき》みたいな外観の機械を、腰《こし》に抱えた数人の兵士。布で覆われた全身も、赤と緑で隈取《くまど》られた仮面の下も、どこの国の誰なのか教えてくれない。

長いヘッドが一回震《ふる》えると、燃え盛《さか》る炎《ほのお》の球を吐き出す。バスケットボールよりも大きいそれは、過《あやま》たず標的に激突《げきとつ》し……。

あのとき、おれの前にいたコンラッドは。

「……お前等か？」

連中は、記憶と同じ火器を肩から提《さ》げ、腰の脇で抱えている。

今は赤と緑の仮面もなく、まとわりつく灰色の布もない。ごく普《ふ》通《つう》の軍服と、どこにでもいるような人間の顔。

あたりまえの兵士と、あたりまえの指揮官。背後で見守るフリン・ギルビット。

でも、独特で凶悪な、同じ武器。

「お前等だったのかっ⁉」

おれの言葉に一瞬注意を奪われるが、すぐに向き直った右端の男の火器が、一回震えて炎を吐く。

この標的はおれではない。それは感覚で判っている。

それでもその兵器が許せないんだ！

「渋谷ッ」

タックルでもする勢いで、村田がおれの腰に腕《うで》を回した。

大丈夫、避《よ》けなくてもいい。標的はおれじゃない。たとえおれでも。

当たらない。


悲鳴をあげている。

どこもかしこも痛くて、手も足もちぎれるほど引っ張られて、指先からは血が噴《ふ》きだして、爪《つめ》が全部剝《は》がれそうで、背骨は反り返りすぎて、首は抜《ぬ》けそうに仰向《あおむ》いて、髪《かみ》は後ろに摑《つか》まれ、喉《のど》を気管を内臓を熱く冷たいものが駆け上り、心臓を鷲摑《わしづか》みにされ、脳を焼かれるような。

けれど、叫《さけ》んでいるのは痛みのせいではない。

これは多分、怒《いか》りだ。

視界は一方で真っ白、一方でクリアだ。

スコープが四つついているような、それとも頭上にカメラでもあるような。

まるで大波の真ん中にいるみたいに、怒濤《どとう》の水圧で周囲を水が通ってゆく。

何もかも折り、砕《くだ》き、押し流すのに、おれの周りには身体《からだ》と同じサイズの、柔《やわ》らかく透明《とうめい》な壁《かべ》がある。壁というより膜《まく》かもしれない。

腰の当たりに何か……誰かがしがみついているので、それがおれのシェルターの中に入れるように、少し気をつけてやらなければならない。

でないとそれ……彼はすぐに激流に呑《の》まれ、どこかに叩《たた》きつけられて砕けてしまう。

また、彼がおれから離《はな》れてしまうと、おれは叫ぶことができなくなる。

叫ぶことができなければ怒りはなくなるが、怒りがなくなれば自分ではなくなってしまう。

自分ではない、ただの水に戻《もど》ってしまえば、痛みも悲しみも感じなくなる。

何も感じなくなった静かな水は、流れることを繰り返すだけだ。


彼女は裸足《はだし》で歩いていた。

三階部分のほとんどは破壊《はかい》され、窓も壁も突《つ》き破られていた。

辛《かろ》うじて残った天井《てんじょう》からも、絶え間なく水滴《すいてき》が落ちてくる。

まるで百年に一度の大水で、館《やかた》ごと浸水《しんすい》した時のようだ。いや確か、あのときだって一階までしか水はこなかったし、石造りの壁も天井も問題はなかった。ガラスや木枠《きわく》が壊《こわ》れただけで、今、目の前に広がっている惨状《さんじょう》とは、とても比べられるものではない。

何よりあれだけの水はいったいどこから生まれたのだろう。近くに大きな河川があるわけでも、海からすぐというわけでもなかった。

たちまちのうちに宙から発生し、館の三階部分だけを破壊した。山も滝《たき》も存在しないのに、鉄砲水《てっぽうみず》のように横切った。

フリン・ギルビットは服の裾《すそ》を持ち上げ、白い足首を露《あら》わにした。

水たまりの中を歩いてゆく。幼女の頃《ころ》の雨の日みたいに。

「……これが、ウィンコット一族の力？」

世界を危《あや》うくさせた『創主』達、その存在を封《ふう》じたのは十の血族だという。だが、彼等の強大な力に怯《おび》えた人間は、同じ種族であるにもかかわらず、彼等を迫害《はくがい》し土地を追った。

ウィンコット家もこのカロリアから西へ逃《のが》れ、安住の地を見つけて国家を建てた。

水を蹴散《けち》らして走ってきた若い兵士に、フリンは不快そうに眉《まゆ》を顰《ひそ》めた。もっと静かに。ここに眠《ねむ》る『何か』を起こさないように。

「一、二階はほとんど無傷です。深刻なのは水漏《みずも》れだけで。今のところは兵士も、誰《だれ》も……」

これが、魔族の力？

人間達が恐れるのも頷《うなず》ける。

唯一《ゆいいつ》残ったバルコニーの鉄柵に寄りかかり、虚《うつ》ろな目の少年が座り込んでいた。髪も瞳《ひとみ》も漆黒《しっこく》だったことは、今の今まで知らずにいた。彼の肩《かた》に腕を回すようにして、もう一人の少年が寄り添《そ》っている。

　こちらはまだ意識も眼も生きていた。生きて周囲に抗《あらが》っていた。

「何故《なぜ》、服が濡《ぬ》れていないの？」

　二人は水流の直中《ただなか》に、発生する脅威《きょうい》を背に受けていたはずなのに。

「僕等を避けて通るから」

　金髪《きんぱつ》のほうが答える、もう一人は言葉に反応しない。

　名前を聞いた気もするが、どうせどちらも偽名《ぎめい》だろう。そう、クルーソーとロビンソンだったか。力を持つ者らしからぬ名だ。まるで子供の絵本みたいな。

　フリンは屈強《くっきょう》そうな部下を呼び、彼等を運ぶように命じた。

「どんなに抵抗《ていこう》しても、一緒《いっしょ》の部屋に入れては駄目《だめ》。同じ場所に置いてはだめよ。ああ、絶対に傷つけないように、人数を割《さ》いてかかりなさい。あと四、五人は必要よ」

「ですが……ノーマン様……」

「ああ、そういうこと」

　彼等が何故、妙《みょう》にきまりの悪い顔をしているのかと思ったら、フリン・ギルビットは仮面を外していたのだ。

　銀の仮面を着けて執事《しつじ》を従え、自分の口からは何も言わないこと。

　それが仮面の領主、ノーマン・ギルビットだったのだから。

「……領主の座が欲しかったんだろ？」

黒髪《くろかみ》の少年の頭を抱《だ》いたまま、金髪のほうが呟《つぶや》いた。見透かすような視線を向けられたフリンは、わずかにひるんだ。

「悪事に利用させたりはしないよ」

「悪事になど使わないわ」

「……多くの人間は、力を得れば傲慢《ごうまん》になる。けれどそれが、自らの身の内から発せられるものでない場合は、その力を使って得た『物』で、満足するしかない」

「彼の力を使うのは、私の仕事のうちじゃないわ」

「……あんたたちはどれだけの物を欲しがってる？　土地か、人か、金か、油か」

彼の瞳は、右が青で左が漆黒だ。

きっと偽物《にせもの》なのだろう。髪や瞳に黒を宿す者が、そう何人もいるはずがない。

「それとも世界を手に入れたいのか？」

世界を手に入れるためには、邪魔《じゃま》なものがいくらでもあった。

9

受け取ったのは予想外の言葉だった。

「何故ぼくが行ってはいけないのですか⁉」

ヴォルフラムは我が耳を疑った。

「捜索《そうさく》隊はもう編成した。本国、自治区、占領区《せんりょう》、諸島地域など、七方向に展開する。新たな事実や情報も加えて検討した結果、今夕にもシマロンに向けて出立する予定だ」

フォンヴォルテール卿《きょう》は遠征《えんせい》経路が記された地図を開いた。椅子《いす》の上にちんまりと載《の》せられた人形を、不機嫌《ふきげん》そうな横目でちらりと見る。

「本来なら私自身が行きたいところだが、不在時に城を預かるギュンターがあれではな」

おキクはカタつく顎《あご》をだらしなく下げたまま、宙に視線を漂《ただよ》わせていた。目も眉も三日月形に笑っているのに、瞳の奥は笑っていない。正直、かなり怖《こわ》かった。

「王城を人形任せにし、王都を空にするわけにはいくまい」

「ですから、ぼくがッ」

「お前が同行するとなると、指揮権を移さねばならんだろう。人選にも余計な時間がかかる。

出立が一日遅《おく》れれば、それだけ現地到着《とうちゃく》も遅れる。こういうことは迅速《じんそく》さが重要なんだ」

「変更《へんこう》の必要はありません！　帯同させてもらわなくとも、ぼくはぼくで独自に行動します。部下も準備も自分で……」

「それは禁じる」

「兄上っ⁉」

「お前が遠征した場合、そちらへの不測の事態にも備えねばならん。単独であろうとなかろうと、捜索、救出いずれの理由でも出立を禁じる。私にこれ以上の手間や時間をかけさせるな。ユーリのためを思うのなら尚更《なおさら》だ。おい、第二隊の副官が空欄《くうらん》だぞ、マカルヒンは誰を指名したのだ？　それから、第四隊の構成比率が五・三・二になっていない。一人増やしてでもウェラー卿の配下から連れて行け。彼等は人間の文化に詳《くわ》しい。畏《かしこ》まっている必要はない、走れ」

　指示を受けた若い兵士達が、慌《あわ》ただしくそれぞれの所属へと戻ってゆく。確認事項《かくにんじこう》を次々と処理する長兄《ちょうけい》を、ヴォルフラムは充血《じゅうけつ》した目で見詰《みつ》めていた。昨日から一睡《いっすい》もしていないが、高揚《こうよう》しすぎて眠気《ねむけ》を感じない。

「ギレンホールから発《た》つ第三、五隊は順調か？　ヒスクライフがヒルドヤードで民間の探索《たんさく》屋を雇《やと》うそうだし、カヴァルケードから非公式の人員が散る。連絡《れんらく》用の骨牌《かるた》は白、黄、赤の順だ。見間違《みまちが》えないようにしっかり記憶《きおく》しておけ。フォンビーレフェルト卿」

「はい」

姓《せい》で呼ばれて虚《きょ》を突かれた返事をし、反射的に顔を上げた。

「行って欲しくない理由が判るか」

「……ぼくが短気で、我が儘《まま》だからですか」

「それもあるな」

固く握《にぎ》った拳《こぶし》の中で、貝細工の角が指に食い込む。

「慎重《しんちょう》さに欠け、感情的で、敵勢力下で目立たずに行動することができないからですかっ」

「うん、よく自己分析《ぶんせき》ができている。だが最大の理由はどれでもない」

「では何故です」

グウェンダルは襟《えり》の釦《ボタン》を一つ外し、椅子を引いてやっと座った。瞳の青が翳《かげ》っていつもより濃《こ》い。

「その答えは城で私の補佐《ほさ》をする間、自らの頭で考えろ」


馬を牽《ひ》くギーゼラに気付いたのは、食事もろくに喉《のど》を通らないまま午後も半ばを過ぎた頃《ころ》だった。

ヴォルフラムは、禁を破ってでもシマロンに渡《わた》ろうと、信頼《しんらい》のおける兵士達にそれとなく声をかけて回っていた。皆《みな》が彼を支持し、何人もが自ら同行を志願した。

だが冷静に考えれば、彼等はビーレフェルトの兵である前に眞魔《しんま》国の軍人だ。最高位にある王が国を空けている以上は、その代行者であるフォンヴォルテール卿の意に従うのが筋だ。あえて命に反する道を選んだと知れれば、彼等の男気も反逆行為《こうい》ととられてしまう。名誉《めいよ》もあれば家族もある男達を、自分の勝手で路頭に迷わせるわけにはいかなかった。いよいよ単身乗り込むしか策はないかと、中庭に向かう石通路を歩いていたときだ。

ギーゼラは馬場にでも向かう途中《とちゅう》なのか、数人の男と連れだって楽しげに愛馬の首を撫《な》でている。

「あら、閣下、先程《さきほど》はどうも」

うなじ近くで丸くまとめた焦《こ》げ茶の髪《かみ》には、銀のピンが小さく輝《かがや》いていた。

「ギュンターなら兄上と一緒だぞ。椅子の上でぶつぶつ呟いてる」

時々、目から真っ赤な光を放つのだ。ギーゼラは口元に指を当て、困ったような顔をした。

「……不気味そうで、本当にごめんなさい」

「お前が謝ることでもないだろう」

「でも、わたしの自慢《じまん》の父ですから。なのに、おキクは大本営に詰《つ》めっきりだし、雪ギュンターはアニシナ様が付きっきり。わたしは介護《かいご》もさせてもらえません。だから、ね？」

ギーゼラはにっこりと後ろに顔を向け、一緒《いっしょ》だった男四人に問いかけた。

「わたしたち、これを機に休みをとることにしたんです。超過勤務《ちょうかきんむ》も多かったし、ここ数年、長期休暇《きゅうか》もとっていなかったので」

「なるほど、今ならギュンターも煩《うるさ》いことを言わないだろうしな」

「ええ。それで、いつも何かと気を遣《つか》わせてる養父の部下の方と、親睦《しんぼく》を兼《か》ねて慰安《いあん》旅行を計画したんです。みんな温泉が大好きなので」

見ると四人のうち、半分は知った顔だった。特に左端の頭つるぴか男は、城内で年中見かけている。ダカスコスとかいったろうか。

フォンクライスト卿付きの兵士達の殆《ほとん》どは、各所属から派遣《はけん》されてきた連中だ。親衛隊とごく一部の警護兵だけが、王佐《おうさ》が自由に動かせる限界だった。それ以外の全《すべ》ての兵力は、王の名の下《もと》でなければ動かない。

彼等はそのごく一部の警護兵達で、この度《たび》の緊急《きんきゅう》配備にもお呼びがかからないようだ。

兵士というよりは勤め人、戦いというよりは雑用が仕事だ。

ヴォルフラムは上から下まで視線を動かし、ギーゼラの格好《かっこう》と荷物を確認した。白と苔緑の簡素な乗馬服姿で、身を飾《かざ》る金も宝石もない。荷はといえば大きめの背嚢《はいのう》が一つずつと、食《しょく》糧《りょう》用らしき革袋《かわぶくろ》が鞍《くら》からぶら下がっているだけだ。

「温泉だって？　その軽装で？」

「ああ、閣下は貴族の皆様《みなさま》のご旅行に慣れていらっしゃるから、衣装《いしょう》箱を持たない女が珍《めずら》しいんですね。わたしは軍隊の生活が長いので、汚《よご》れて困るような綺麗《きれい》な服を着ないんです。動くのに神経を遣《つか》うでしょう？」

ギーゼラは連れの四人を紹介《しょうかい》し、彼等は畏《かしこ》まってヴォルフラムに挨拶《あいさつ》した。最後の一人だけは黙《だま》って頭を下げながら、人相の悪い三白眼で元王子を観察していた。

ギーゼラは、城に残るヴォルフラムの手をそっと握った。

「ヒルドヤードからヴィーア三島に向かうつもりです。火祭りの時期ではなくて残念だけれど、調子が良ければもっと先まで足を延《の》ばすかもしれません。帰国が遅れたら養父《ちち》のこと、宜《よろ》しくお願いします。心配かけて申し訳ないとお伝えください」

「ああ、おキクのほうに伝えておく」

まるで二度と戻《もど》らないような口振《くちぶ》りなので、この中の誰《だれ》かと駆《か》け落ちでもするのかと邪推《じゃすい》してみる。しかし昼前に眞王廟《びょう》で会ったときには、彼女はきっとコンラートにご執心《しゅうしん》なのだろうと思ったものだが……。

「ギーゼラ！」

やっと気付いて呼びとめる。

過ぎていた一行が馬を止め、斜《なな》めの日射《ひざ》しを逆光にして振《ふ》り返った。一族の特徴《とくちょう》である青白い肌《はだ》が、陽《ひ》を浴びて橙《だいだい》に染まっている。

「どうしました？」

「ぼくも行っていいか」

「は？」

「慰安旅行だ」

ヴォルフラムは服の隠《かく》しを探《さぐ》った。束ねた紙幣《しへい》が指先に当たる。眞王廟で賄賂《わいろ》がわりに使おうとした分だが、これだけあれば服くらいは揃《そろ》うだろう。もちろん最高級の絹の服だ。それを買わずに済ませれば、何月分かの旅費にもなる。

「慰安旅行に、ぼくも、行きたいんだ」

「ええ、もちろん」

まるで答えを予想していたみたいに、ギーゼラは癒《いや》しの右手を差しだした。

頭部が眩《まぶ》しい中年兵士が「貧乏《びんぼう》旅行ですよー」と呆《あき》れて言い、人相の悪い三白眼の男が、逆光にまぎれて忍《しの》び笑った。

ヴィーア三島はシマロン領の西端《せいたん》だ。ノー・ダン・ヴィーアからはシマロン本国への船も出ている。彼等の旅行がどこまでになるのかは訊《き》かないが、恐《おそ》らく目的は同じだろう。

彼女にこそこれが必要なのかと考えて、ヴォルフラムは右掌《みぎてのひら》をやっと開いた。汗《あせ》にまみれた小さな貝細工が、半分黒いままで載《の》っている。

「コンラートの飾り釦だが」

「左腕《ひだりうで》から？」

「そうだ。もし必要なら……」

ギーゼラは爪《つめ》の先でそれを摘《つま》み、陽《ひ》に翳して形を確かめた。それから再び弟の手に戻し、本当に久しぶりにおかしげに笑った。

「多分、閣下は誤解されてるわ」

「誤解なんか……」

「いいえ。わたしがコンラート閣下に特別な感情を持っていると思われてるでしょう」

「違《ちが》うのか？」

軽やかな身のこなしで鞍に跨《また》がり、先頭を切って駆けだす。

「わたしはただ、友人との約束を果たしたいだけです」

友人って誰だ、約束って何だ？　まさかユーリのことではあるまいな。ヴォルフラムは厩舎《きゅうしゃ》に向かう兵から馬を取り上げ、「温泉旅行ご一行様」の後を追う。

訊く間もなかった答えを知るためにも、絶対にユーリを、取り戻す。

10

ここの館《やかた》に着いたときから、月はかなり高い。

今は四角い窓の中央で、部屋を煌々《こうこう》と照らしている。おれは動かない身体《からだ》と働かない脳味噌《のうみそ》のまま、ぼんやりと日の丸を思い浮《う》かべていた。黒地に白のコントラストなのに。

古い鉄扉が錆《さ》びた音をたて、女性の爪先《つまさき》が歩いてきた。気配がまったくしなかったのは、彼女が裸足《はだし》だからだ。

「クルーソー大佐《たいさ》」

媚《こ》びを含《ふく》んだ甘い声。

丁寧《ていねい》に揃えられた足の爪が、桜色に艶《つや》めいている。フリンの美しさは何もかも完璧《かんぺき》だった。

「ごめんなさい」

おれが中央で大の字になっていたため、彼女はベッドの端《はし》に腰《こし》を下ろす。腰まで伸びたプラチナブロンドが、先の方だけ波打っていた。月の光と相まって、そこだけ水辺のようだった。

「こんなところに閉じこめて。でも、あなただって悪いのよ。食前に杯《さかずき》を交《か》わすのは、館の主《あるじ》と客との礼儀《れいぎ》だわ。なのにあなたったら、口をつけもしない。そのうちにあの無礼な男が」

マキシーンがグラスを払《はら》ったことになると、口調が独特の憎《にく》しみを帯びる。

「あいつには本当に腹が立つ……王の飼い犬でさえなかったら、館に入れたりしないのに。私の可愛《かわい》い給仕達に、あんな血まみれの手で触《さわ》るなんて……」

自分が答えさえすれば、あの少女はもっと早く助かったのだということは口にしない。そんなこと覚えてもいないのか。

「あなたが憎いわけじゃないのよ。どうしても手に入れなくてはならなかったの。ウィンコットの血を引く者が、私にはどうしても必要なのよ。あなたの血で、思うままに操《あやつ》ってもらいたいの。決して誰にも従わない、頑固《がんこ》で強靭《きょうじん》な箱の『鍵《かぎ》』を」

鍵を操る？

万年スタベンの控《ひか》え捕手《ほしゅ》が、手先の器用さなど持ち合わせているものか。知恵《ちえ》の輪さえ解けない短気さだし、自転車の鍵以外は開けられない。しかもこの女は勘違《かんちが》いしている。おれがジュリアさんを輩出《はいしゅつ》するような、モテモテ家系の一員だなんて。サングラスを外して顔さえ見ておけば、そんなデタラメ信じるはずがなかったのに。

ここぞという大事な局面で過《あやま》ちに気付き、彼女が美しい顔を歪《ゆが》めて悔《くや》しがるかと思うと、落ち込んだ気分も少しは向上する。

ほんの僅《わず》か、一ミリくらいだけど。

「さあ飲んで」

もう喋《しゃべ》るのも億劫《おっくう》なおれが、顔を動かしもせずに疑心の目だけを向けると、フリンはにっこりと微笑《ほほえ》んだまま、首を振って否定した。

「大丈夫《だいじょうぶ》、毒なんか入れてない。私達にはその血筋が必要なの。あなたの祖先の作った特殊《とくしゅ》な薬物を使うためにね。最初から殺そうなんて思ってもいない。あなたは偉大《いだい》な兵器の大切な一部、鍵を操れるのはあなただけなんですもの」

上品な装飾《そうしょく》のグラスを傾《かたむ》けて、おれの喉《のど》にアルコールを流し込もうとする。横になったままでは無理だと知ると、フリンは自分で赤ワインを含み、目を伏《ふ》せてそっと屈《かが》み込んだ。

女の柔《やわ》らかい唇《くちびる》が、触《ふ》れた。

「休んで。ぐっすり眠《ねむ》るのよ。あなたの力が必要になるときまで」

頬《ほお》に触れる冷たい指が、少しだけ名残《なごり》を惜《お》しんでから、熱をつれて離《はな》れてゆく。

彼女は月明かりに背を向けて、静かに部屋から出ていった。施錠《せじょう》する金属音と見張りの会話が済み、館の主は立ち去った。

おれは必死で寝返《ねがえ》りを打ち、やっとのことでベッドから転がり落ちる。肘《ひじ》と膝《ひざ》を使って窓辺まで這《は》い、そこで床《ゆか》に映る自分の影《かげ》を見た。

月は青く白く、明るかった。

明るいところに、いたかったんだ。

誰かから差し出された食べ物は、軽率に口にしてはいけない。おれが今日までそれを忘れていられたのは、注意してくれる人がいたからだ。おれがどこかの悪意ある存在に騙《だま》されないように、気を配ってくれる人がいたからだ。

でも、もう毒味をしてくれる人はいない。

意を決して人差し指を喉に突《つ》っ込み、胃の中の物を全《すべ》て吐《は》いた。苦さとつらさと悔しさで、生理的な涙《なみだ》が鼻まで伝う。

これでいいんだろ、ギュンター。これで大丈夫なんだろう?

そこまでで気力を使い果たしたのか、もう瞼《まぶた》を持ち上げているのも苦しくなる。

それから、真っ暗な泥《どろ》に引きずり込まれるように、自分の睡眠《すいみん》欲だけで眠りについた。

夜が明けて窓の向こうに陽が昇《のぼ》ったら、自分の意志で目を覚ませるように。

夢の中ではコンラッドも、ギュンターも元気で、
おれだけが離れた場所に佇《たたず》んでいた。

手にした箱からは唄《うた》が聞こえるが、
息を詰《つ》めて耳をすますと、
それは風の上げる悲鳴。

ムラケンズ的次回予告

「こ、こんばにゃ、ムラケンズのムラケンこと、村田健《むらたけん》です。今現在、僕は、いや僕等は、これ以上ないくらいやばいことになっています。心なしか声も……ひそめ気味です。なにしろですね、ここは真っ暗なんですよ……だからどんな場所なのかも、いまいち……」

しゅぽ。

「あの、今ですね、ライターを点《つ》けました。ライターはこう、顎《あご》の下から照らしてみたりしています……誰《だれ》か稲川淳二《いながわじゅんじ》かよ!? って突っ込んでください。ああツッコミ渋谷《しぶや》のいないムラケンズなんて、タモリのいないタモリ倶楽部みたいなもんですよね。しぶやーどこ行っちゃったんだー、一緒《いっしょ》に日本に帰ろうー。てことで僕等は離ればなれで、しかもここは真っ暗です」

かさ。

「うわぁ、どっか近くでカサって言いましたよ!? カサって! ね、ネズミ!? ネズミですよね、ネズミが怖《こわ》くて舞浜《まいはま》に行けるかってんだー! ああでもやっぱネズミ駄目《だめ》だー! くそうネズミが怖いなんて、僕は未来から来た猫《ねこ》型ロボットかよ!?」

かささ。

「かささって……うう……後々の記録のために言い残しておきます。漂流《ひょうりゅう》して地図にもない国に辿《たど》り着いた僕と渋谷ですが、いろいろあって大変なピンチに……ああ渋谷、ごめんっ。僕があのとき口から出任せの人物設定なんか並べなければ、こんなことにはならなかったかもしれなーいっ。ううちょっとブレアウィッチプロジェクト入ってます……」

ダーレーダー？

「……き、気のせい？」

ダーレーダー？

「うひぃぃー、う、後ろの正面は僕ですぅぅぅぅー！　と、とにかく次回予告だけはしておかないと、正直僕等助かる気がしないデスよっ⁉」

ドーゾー。

「おや、意外と親切。それどころじゃなーい！　なあ渋谷、ここってどこ⁉　テレビやラジオや電話どこ⁉　どうやったら日本に帰れる？　僕たちこのままこの国で暮らすことになるんでしょうかっ。だったら額に稲妻《いなずま》マークつけちゃおかなっ⁉　更《さら》に仮面の主の真意と正体は？　そしてこのダレダダレダ言う声の主、お前のほうがずっと誰だっちゅーの！　ということで次回ムラケンくん大活躍《だいかつやく》。村田、夏バテ治る。よみがえれ村田健。村田の顔も三度まで。の三本立てでお送りします。ムラケンヒロイン化計画も着々と進行中。お楽しみに……なーんてね」

あ、ちなみに主人公は渋谷有利《ゆーり》ですから。

あとがき

ごきげんですか、喬林です。
突然《とつぜん》ですが。

西武ライオンズ、優勝おめでとーう！

この本が店頭に並ぶ頃《ころ》には、きっともう決定しているはずです。日本シリーズはまだ終わってませんけどね。いやー、今年は印象に残るゲームが多かったー。野球漬《づ》けの毎日があまりに嬉《うれ》し楽しくて、ふと気付いたら締切《しめきり》を大きく過ぎていました。

あれ。

前回、前々回と人としてこりゃどうよ⁉　ということをしてしまったので、今回こそは人間合格入稿《にゅうこう》を果たすぞ、と息巻いていたのですが……。二度あることは三度ある、を身を以《もっ》て証明してしまいました。ヴァーチャル・リアリティ日本の格言。だがしかし、仏の顔も三度までともいうぞ、喬林。……自戒《じかい》します。

どのような状況《じょうきょう》だったかをここに書くのは非常に恥《は》ずかしいことなので、やめておきます。

でも、これだけは言っておかなくては。

もしもこの本が無事に十月一日に発行されたら、それはウルトラ頑張《がんば》りやさんなＧＥＧ（ＧＥＧのＧはガンバレのＧ）と、松本「プロフェッショナル」テマリさんのお陰《かげ》です。

松本さん、いつも超絶《ちようぜつ》美形をありがとうございます。どんなに壊《こわ》れてもギュンターが超絶美形のままでいられるのは、イラストの力に他《ほか》なりません。しかし何故《なぜ》、彼はいつも表紙に……。なんかもう、彼が表紙にいないと落ち着かない感じですよね。二時間サスペンスドラマでいえば観光地の名所旧跡《きゆうせき》、もはや㋮の名物。寅《とら》さんでいったら、蛾次郎《がじろう》……じゃなくて、さくら！　今回もギュンター、美しいです。この表紙があるからこそ、安心して壊れさせることができるのです。松本さん、本当にありがとう、そしてすみません……。

ここまで書いちゃって今更《いまさら》、とも思いますが、念のために申し上げておきますと……この「きっと㋮のつく陽が昇る！」は、「今日から㋮のつく自由業！」を始めとする㋮シリーズの本編最新作となっております。

シリーズ名も確立し、いざ新展開！　と挑《いど》んでみたのですが……正直いかがなものでしょうか？　長野県知事風に脱《だつ》ギャグ宣言なんぞ掲《かか》げて、三六〇度方向転換《てんかん》、超シリアス方面へ航海を開始してみましたが、あれ、気のせいか見慣れた風景が。一回転してしまったのか……？

しかし何とか東シリアス海へと辿《たど》り着くべく、日夜奮闘《ふんとう》努力中です。

今年の夏休みこそ旅先で名城を見ながら一杯《いつぱい》やるのだ（城好き）、その後は福岡《ふくおか》ドーム遠征《えんせい》、ダイエーVS西武戦だーなどと、いろいろ計画は立てていたのですが、実際には首と額に眠気覚《ねむけざ》ましの「熱さまシート」を貼《は》り、コーヒー一日一リットルという真夏の夜の私だったのでした。

夢のように幸せだーっ（本心）！

そもそも私は取材旅行にいったことがありません。もちろん「取材」といったって、基本的には自腹で個人旅行なわけですが。でもその響《ひび》きに憧《あこが》れるんだよなー。ということで、関連資料は前回「トサ日記」でクリアした、では次は憧れの取材旅行（当然、自腹）にチャレンジだ……けど、どこへ？　自分の書いたものがあまりにヘタレ過ぎて、俄《にわか》には行き先も思いつかない。やっぱ長崎ハウステンボス、やっぱ新潟《にいがた》ロシア村、やっぱ東京ディズニーシー？　でも結局、家で「ヨーロッパ城物語」（NHK）をしんみりと見ています。しんみり。お出かけ先といえばSドームとTドームとCマリンばかり。しかしまあ、あれもある意味「野球の王国」なので、ファンタジーといえなくはないのかもしれません。

このように夏休みをかけてうんうん唸《うな》っていた「きっと㋮」なのですが、卒業だ進学だ就職だーと、かなり悩《なや》んで、結局、シリアス方面に進学してみました。結果、新しいキャラは増えるわ、主人公はオロオロするわ、あの人があんなことになるわ、と、自分でも参ってしまうようなことが盛りだくさんです。

どうでしょう、新人さん（三十四歳、ヒゲ）いらっしゃーい。いやんなっちゃいましたか？　ちょっと可愛《かわい》くないですか？　それは私がおっさんキャラ好きだからかなあ。

　そしてどうでしょう、あの人があんなことにパート3！　パート1とパート2は予想されていたものですが、パート3は多分、当たり前すぎてまさかやるとは思われなかったのでは。しかもこの人……なんだか天然です……。私個人としましては、この本のキーワードは「来ちゃった、てへ」。てへ、って。てへって何だよ、てへって⁉　そういえば今回は帯に何て書いてもらえるのか尋《たず》ねたところ、「フェア合わせなので、帯に煽《あお》りは入らないと思うんですが」……………あ、そうスか。

　でもこの帯に関して、重要な告知がありますので、じっくり読んでください。

　この「きっと㋮のつく陽が昇る！」の、ビーンズ文庫創刊一周年フェア帯付き初版本に限って、どうやら限定企画《きかく》がある模様です。詳《くわ》しいことはこの本に挟《はさ》まっている（はずの）㋮専用チラシをご覧いただきたいのですが……どうやら全員サービス（！）どうやらCD（！）どうやら今回限りご提供の超レアもの（⁉）らしいです。

　まさか自分の書いた文章が、音になる日が来るとは思いませんでした。このお話を聞かされたとき、私はGEGに「ちゃんと声優さんがやってくれるんですか？」と外れたことを訊《き》き、「他に誰《だれ》がやるというのか」という、数秒間の沈黙《ちんもく》で答えを貰《もら》いました。いや、自分で朗読するのかなと思ったんですよ。本気で。朗読教室とか通ってさ、独り時間差ボケ突《つ》っ込みとかマスターしてさ。

　先程《さきほど》、カバージャケット用の松本さんのイラストも送ってもらいました。うちのネット環境《かんきょう》は、糸電話かよという超極細回線なので、ファイル付きメールをダウンロードするのにとても時間がかかるんです。その間、待ち受け画面で黄色いクマが、ぶらぶらぶらぶらぶらぶらぶらぶらしているのを見詰《みつ》めていると……ど、どんどん殺意が。

おのれわがままプー（敬称略《けいしょうりゃく》）メールめ。このメールソフトが癒《いや》し系だというのは、本当だろうか。

送ってもらったイラストはとても、とても可憐《かれん》で可愛らしいものでした。これの中にアレが入って皆様《みなさま》のお手元に届くのか……いかん、なんか原作が色あせてきそうだぞ。

突発突貫《とっかん》ドラマCDのタイトルは「眞魔《しんま》国《こく》でもクリス㋮ス!?」……ということなのでクリスマスプレゼントの時期にお届けできるといいなー、と。

でもキャストについてはまだ秘密……そういわずに私には教えてくださいよ先に。ていうかまだ決まってないんですか……ま、まあ突発突貫企画だもんねっ（動揺《どうよう》）!? え、十万、ポゾ？ にほんえんではせんえんぽっきり？ ってあのー、かかるお金だけ教えてもらってもなあ（全員プレゼントじゃないので、ほんのちょっとお金が要《い》るらしいです）。

このCD全員サービスは「初版帯付き本」の限定だそうです。くれぐれもお申し込み忘れのございませんよう、宜《よろ》しくお願いいたします。詳しい応募《おうぼ》方法は挟み込みのチラシにあるということですが、とにかく帯だ！ フェアの帯がついていないと申し込めないみたいなので、そのところをご注意下さい。

帯、帯、帯！　自分が忘れないように三回言ってみました。

あ。「活字倶楽部」（雑草社刊）という季刊誌の秋号に、Ⓜの記事を少しだけ載《の》せてもらえることになりましたので、気になるキャストなどの新事実が明らかになれば、そこでちらっと発言できるかもしれません。こちらのほうも目を通してくださると、嬉《うれ》しい……やら恥ずかしいやらです（写真は載っていないから大丈夫《だいじょうぶ》ですけれどもっ）。

厳重注意なのですが「三冊のうち二冊買ってくれて激ありがとう喬林独りフェア！」略して「薄本企画」と、「きっとⓂ」のCD全員サービスとは全く別のものです。薄本企画は喬林が個人でやっていることですので、両方を同じ封筒《ふうとう》で申し込んだりはできません。薄本企画の締切は十月末日ですが、お間違《まちが》いのないように、お願いいたします。

以上、期間限定告知終了《しゅうりょう》。私的にはすごい内容だー、と、今もってどきどきです。

さて、年中無休に重要な告知ですが……。皆様、いつも本当にご意見、ご感想のお手紙やメール、ありがとうございます。だいたいいつも、どういう方向にシフトチェンジするか、どこまでならアクセル踏《ふ》んでいいのかという不安や悩みがいっぱいのまま、五里霧中《ごりむちゅう》状態でパソコンに向かっているので、いただいた言葉はとても参考になります。

とかそんな、格好いいこと言ってますが、参考以前に「嬉しい」です。まず嬉しい、次に感心、しばらくして冷静になってからやっと、参考です。一回目に読むときのわくわく感を、どうにかお伝えできたらと思うのですが……なかなか難しいもんですね。

そこで少しでも感謝の気持ちということで、ご意見、ご感想、ご希望、萌《も》え（ふ、増えてきたぞ）など様々なお声を寄せてくださった皆様のうち、八十円切手を貼った返信用封筒を同封の方全員に、へこたれ日常負け犬根性満載《まんさい》のお返事ペーパーをお届けしています。

時々、返信用封筒って何？　という初々しい質問をいただくのですが、これはいつも使っているような、ごく普通《ふつう》の封筒に八十円切手を貼り、皆様のお家に届くように宛先《あてさき》部分に住所氏名を書いていただいたものです。極端《きょくたん》に大きかったり小さかったり分厚かったりする封筒だと、郵便料金が変わってしまうので、ごく普通の物を使ってくださるとありがたいです。

でも本当は、返信用封筒なんか入っていなくても、「読んだー！」って心の声を文字にして聞かせてもらえるだけで、ものすごく嬉しいものなんです。「読んだー！」「そうかー、ありがとーっ！」という感じ。そして、どんなことを思ったかも、あなたご自身の素直《すなお》な言葉で教えてもらえたら二倍も三倍も嬉しいです。

もうすぐ雑誌「The Beans《ザ・ビーンズ》」も発売される予定です。そちらでは渋谷家の秘密が明かされているので、ぜひご一読ください。

さて「きっと㋮」。ちょっと「ええ⁉」という場所で終わっていますので、事情が許す限り早めに続きをお届けしたいと思っています。

文中であるアイテム名を連発し、一部不適切な表現がありましたことを、セシルさん本人にお詫《わ》びいたします。ていうか「ローゼンクロイツ　仮面の貴婦人」は全国書店で超絶賛発売中です。

そうだ！　今回の最後の方で、渋谷に衝撃《しょうげき》的なことが起こってますよ。

私　「ピーですよ、ピー。いいんかなあピー相手にピーしちゃって」

GEG「でも彼、その直後に全部ペーてますよね」

私　「はっ、そうだった。気付かなかった。パーてるよこいつ！　本気で全部！」

なんという失礼な奴《やつ》なのか。男の風上にもおけないな。

この伏《ふ》せ字が次回にどのように繋《つな》がるのかも、乞《こ》うごき……たい……と言えないくらい弱気な状態なので、また、渋谷ガンバレを始めとするご意見お待ちしています。

何故《なぜ》かというと。

主人公が活躍《かつやく》するために、あなたの言葉が必要なんです。

喬林　知

「きっと㋮のつく陽が昇る！」の感想をお寄せください。
おたよりのあて先
〒102-8078　東京都千代田区富士見2-13-3
角川書店ビーンズ文庫編集部気付
「喬林　知」先生・「松本テマリ」先生
また、編集部へのご意見ご希望は、同じ住所で「ビーンズ文庫編集部」
までお寄せください。

きっと㋮のつく陽《ひ》が昇《のぼ》る！

喬林《たかばやし》　知《とも》

角川ビーンズ文庫　BB4-6　12647

平成14年10月１日　初版発行
平成20年５月15日　23版発行

発行者――井上伸一郎
発行所――株式会社角川書店
東京都千代田区富士見2-13-3
電話/編集(03)3238-8506
〒102-8078
発売元――株式会社角川グループパブリッシング
東京都千代田区富士見2-13-3
電話/営業(03)3238-8521
〒102-8177
http://www.kadokawa.co.jp
印刷所――暁印刷　製本所――本間製本
装幀者――micro fish

ISBN4-04-445206-7 C0193 定価はカバーに明記してあります。

まるマ
マ
シリーズ
職業・魔王。
いきなり異世界に流されちゃった
ルーキー魔王・渋谷有利の明日はどっちだ!?
好評既刊
①「今日から㋮のつく自由業!」
②「今度は㋮のつく最終兵器!」
③「今夜は㋮のつく大脱走!」
④「明日は㋮のつく風が吹く!」
⑤「きっと㋮のつく陽が昇る!」
⑥「いつか㋮のつく夕暮れに!」
⑦「天に㋮のつく雪が舞う!」
⑧「地には㋮のつく星が降る!」
番外「閣下と㋮のつくトサ日記!?」
喬林 知
いつか㋮のつく夕暮れに!
喬林 知
Tomo Takabayashi Presents
イラスト/松本テマリ
●角川ビーンズ文庫●

●角川ビーンズ文庫●
朝香 祥
イラスト／成瀬かおり
スパイラル・カノン
狩人《カリビト》は夜に目醒める
『来い、シ・ユウ。獲物だ』
シ・ユウという名の妖《あやし》を使い闇を破る“狩人《カリビト》”、香ノ倉悠惟《カノクラユウイ》に
出会った大学生の一帆《カズホ》は……。　ネオサイキック・アクション！

●角川ビーンズ文庫●
朝香 祥
イラスト／あづみ冬留
キターブ・アルサール
蒼い湖水《みず》
青い水《オアシス》と赤い沙原《サハラー・アフマル》が織りなす
究極のヒロイックロマン！
キターブ・アルサール
赫《あか》い沙原